결 　 　 　 　 여

헤어짐의 미학

가브리엘 마츠네프

최은희 · 권은희 옮김

이화여자대학교 통번역대학원

東 文 選

결별을 위하여

Gabriel Matzneff

DE LA RUPTURE

© 1997, Éditions Payot & Rivages

This edition was published by arrangement
with Éditions Payot & Rivages, Paris
through Bestun Korea Agency, Seoul

르네 셰레와의 저녁 식사. 우리는 마약 과다 복용으로 사망한 친구 기 P.에 대해 이야기를 나누었다.

— 인생은 손가락 사이로 모래가 빠져나가듯이 흘러가 버려. 나는 르네에게 말했다.

그가 알쏭달쏭한 대답을 했다.

— 그래, 그리고 그건 아직 끝나지 않았어.

가브리엘 마츠네프, 《깨진 사랑》에서

어제 오후, 시오랑과 함께 센 강변 베르갈랑 광장을 산책. 내가 전화를 걸자 그는 곧 타란 거리로 나를 찾아왔다. 전날 바네사가 내게 보인 끔찍한 행동과 우리가 함께할 미래를 허망하게 만드는 그녀의 병적인 질투에 대해 그에게 얘기하고 싶었다.

"그만 끝내, 아니면 그 여자가 널 파괴하고 말 거야, 너 자신을 지키라구." 아침에 우리 집에 들른 클로드 베르디에가 눈물범벅이 된 나를 보고 말했었다. 시오랑 역시 결별 이외에 다른 방법은 없다고 말했다.

— 헤어지게, 다만 너무 갑작스럽게 끝내지는 말고 능숙한 외교관처럼 하라구, 탈레랑처럼 말이야! 안 그러면 그 여자는 자살하거나 자네를 살해할 수도 있어.

가브리엘 마츠네프, 《내 눈의 눈동자》에서

야누스 신이 두 가지의 얼굴만 가졌다면 결별의 여신은
무수한 얼굴을 가지고 있네.
자네의 운명이 어떻게 되어야 하건, 자네가
현시대에 살고 있건 아니면 이 세상을 떠났건 간에
많은 다른 결별들을 발견하게 될 거라는 사실을 알아두게.

친애하는 대자에게,

결별에 관한 이 짧은 개론을 자네에게 바치는 것은 당연하다
네. 자네가 영세를 받던 날, 그 첫 결별 의식을 내가 대신 치렀
으니까. 그것은 육체적 결별인 탯줄의 절단이 아니라 정신적 결
별인 악마와의 단절이었네. 신부는 나에게 악마와의 관계를 끊
고 예수 그리스도를 믿으라고 세 번 요구했으며, 나는 자네를
가슴에 안고서 예수가 말한 것처럼 '물과 성령으로 거듭날'
(《요한복음》, 3:5) 것을 세 번 맹세했네. 포르루아알학파의 개혁
가 생시랑 수도원장은 한 어린 대녀에 관해 이야기하며 대부로
서 자신이 **그녀의 성스러운 재탄생**의 계기라고 적고 있지. 내가
자네에게 이 지침의 글을 쓰는 것은 이러한 멋진 칭호에 걸맞
기 위함이네. 지금까지 출판된 내 일기들에서 자네는 종종 행
하지 말아야 할 것들에 대해 읽었을 것이야. **카르네 누아르**(일

기장)에 쓰인 그 글들이 독이었다면, 지금 쓰는 이 글은 해독제라고 할 수 있네.

요컨대 메트로도로스는 그의 누이동생에게, 세네카는 어머니에게, 플루타르크는 아내에게, 키케로는 그의 친구 아티쿠스에게 글을 썼네. 나라고 나의 대자에게 글을 못 쓸 이유가 있겠는가? 이 글에서 대자는 상징적인 존재이므로 내가 대부가 되어 준 젊은이들뿐만 아니라, 내 책을 읽고 본연의 모습을 찾게 될 모든 젊은 남성과 여성들 또한 포함하네.

이 책은 옛사람들이 하던 식의 **위로**는 아니네. 나는 결코 위로하는 사람이 아니라네. 나의 현명하신 무신앙자 스승들을 대단히 존경하고는 있지만 지혜의 전능함에 대한 그들의 신념에 동의하지 않아. 자신의 모순됨을 부끄러워하지 않는 사람은 누구나 아테네(세상의 학문을 상징)와 예루살렘(기독교의 복음을 상징) 사이에서 고민한다고 털어놓지. 나는 사는 법과 죽는 법에 관련된 많은 문제들에 있어서는 아테네의 의견이 타당하다고 생각하지만, 몰아치는 폭풍우의 한가운데에 있는 것처럼 우리의 마음이 괴로울 때 위로해 주는 말로는 아테네보다 예루살렘의 의견을 선호한다네. "한마디만 해주소서, 그러면 상처받은 내 영혼이 치유될 수 있습니다." 우리가 이러한 기도를 할 수 있는 대상은 신, 바로 번민하는 신뿐이네.

아작시오에 있는 한 발코니에서 햇살을 받으며 이 글을 적네. 세네카가 해방 노예 폴리비우스에게, 클라우디우스 황제가 '모든 이의 위로자'(《폴리비우스를 위로하며》, 14:1)라고 쓴 것도 바로 이곳 코르시카 섬에서라네. 나는 헤겔 철학에 대해서는 아

8

주 조금만 인정하네. 국가라는 개념을 좋아하지 않기 때문에 군주가 우리를 지배한다는 생각을 결코 받아들이지 못해. 내가 인정하는 **유일한 위안자**는 번민하는 자들의 기쁨이라 불리는, 바로 예수의 어머니라네. 위로자의 성을 남성이 아닌 여성으로 선택함으로써 볼테르주의자들의 비웃음을 받을 염려가 있지만, 클라우디우스 황제의 신격화보다는 성모 마리아의 죽음을 더 좋아하네.

예전에는 다양한 의미를 함축하고 있었지만 현대 사회에 와서 위축되고 형식적으로 변한 도덕에 대해 얘기하고자 하는 것은 아니야. 에피쿠로스나 부처, 그리고 예수도 니체가 반어적으로 모랄린(moraline)이라 칭하는 모랄(morale, 도덕)에는 관심이 없었네. 그들의 생각을 사로잡고 그들의 가르침의 대상이 되는 것은 바로 바른 행동, 고귀한 길, 충만한 삶이야. 친애하는 대자, 우리 역시 그것을 추구하네.

나는 자살에 관한 수필을 시작으로 문학의 길에 들어섰네. 자살 또한 결별을 뜻하지. 사실 잘 죽는 법, 우리의 존재를 이루는 정열 덩어리를 부수는 법, 달아나는 법이란 무엇인가? 한번은 젊은 여자가 나한테 장난스럽게 이렇게 말했네. "사람들은 정말 성가셔요, 주소를 바꾸거나 죽어서 완전히 사라지니까요." 죽음은 주소의 최종적인 변경을 의미하네.

1665년 대림절의 첫번째 일요일 루브르에서 행해진 《경계에 대한 설교》에서 보쉬에는 말했네. "죽음은 우리의 피 속에, 우리의 핏줄 속에 있습니다. 죽음은 생명의 근원 자체 내에 비밀스럽고 피할 수 없는 함정을 만들어 놓았습니다." 이런 식의 강한 표현들은 백혈병이나 에이즈 같은 혈액병들이 자연의 기묘함에서 유래하는 것이 아니라 우리 인간의 조건을 아주 명백한 방식으로 요약하고 있음을 상기시켜 주네. 나는 에르제와 기 오캉겜의 건강이 점점 나빠지는 것과 그들이 돌이킬 수 없는 결별을 인정하고 죽음을 준비하는 모습을 지켜보았네. 친애하는 대자, 자네 역시 언젠가는 죽음을 받아들여야 한다네. 우리의 탄생은 우리들 각자가 집행유예중인 사형수임을 뜻하네. 자네는 나보다 훨씬 젊지만, 먼저 무덤에 묻힐 수도 있네. 우리의 시간은 불확실한 것이야. 그리고 우리 중 누가 먼저 상대방의 장례식을 치를지 알 수 없네. 그러니까 내가 자네에게 지금부터 하는 충고를 지체 없이 따르도록 하게. 허비할 시간이 없다네.

야누스 신이 두 가지의 얼굴만 가졌다면 결별의 여신은 무수한 얼굴을 가지고 있네. 나는 앞에서 그 첫번째가 세례이고, 마지막이 죽음이라고 말했네. 이에 대해서는 나중에 다시 이야기하겠지만 자네의 운명이 어떻게 되어야 하건, 자네가 현시대에 살고 있건 아니면 이 세상을 떠났건 간에 많은 다른 결별들을 발견하게 될 거라는 사실을 알아두게. 이 모든 경우에 있어서 자네는 결연히 맞서야 할 것이야.

자네가 연인과의 관계를 끝내거나 그녀가 자네를 떠나거나, 부인에게 이혼을 요구하거나 부인이 먼저 헤어지자고 요구하거나, 친구와 사이가 틀어지거나, 몹시 소중히 여기는 물건을 도둑맞거나, 무신론자인 자네가 신을 만나거나, 신자인 자네가 신앙을 잃어버리거나, 부자인 자네가 갑자기 파산을 하거나, 폭식가인 자네가 식이요법을 감행하거나, 세속적인 자네가 수도 생활을 시작하거나, 아주 건강하던 자네가 갑자기 병으로 쓰러지거나, 친척 중의 누군가가 죽거나 아니면 자네가 지옥의 신 오르쿠스가 있는 곳으로 내려가던가 간에, 자네는 결별이라는 시련을 피할 수 없을 것이야. 갓난아기의 첫 울음소리에서 임종을 맞은 사람의 마지막 한숨까지, 처음 젖병을 빨던 때부터 마지막 담배를 피울 때까지 삶에서 결별이 아닌 것은 없네. 우리들 각자는 그 누구나 예외 없이 언젠가 자신의 마지막 담배를 피울 운명이라네. 친애하는 대자, 자네 역시 마찬가지야. 그러니까 마음의 준비를 해두게나.

여자들은 때론 서슴없이 과거를 왜곡하고 재창조하며,
심지어는 지우기까지 한다네.
자신의 첫사랑을 잊기 위해, 잊는 척하기 위해, 그리고
그 사랑을 부인하기 위해 무슨 짓이라도 할 수 있네.

　자신이 먼저 결별을 선언하는 것이 결별당하는 것보다 나은
지, 아니면 결별당하는 것이 결별을 선언하는 것보다 나은지에
대해서 나에게 묻지 말게. 그건 상황에 따라 다르기 때문이네.
　어떤 방식으로 결별이 이루어지던간에 자네는 힘들어하겠지
만, 매번 똑같은 식으로 괴로워하지는 않을 것이네.
　만약 자네가 정열적이고 다정하며 더없이 충실한데 사귀던
연인에게서 결별의 편지를 받게 된다면 아연실색하고 절망할
것이네. 그뒤 여러 달 동안, 이해할 수 없는 것을 이해하려 애
쓰고 괴로워하면서 자네의 마음은 끔찍한 상처를 입을 것이야.
어쩌면 그 상처는 영원히 치유될 수 없을지도 모르네.
　그렇지만 자네가 잘못한 것은 하나도 없다는 확신이 자네의
상처입은 마음을 달래줄 것이네. 떠나간 연인으로 인해 생긴
고통은 조금씩 혐오감으로 바뀌게 될 거야.
　혐오! 아주 심한 말이란 건 자네도 인정할 거야. 하지만 혐오

스러운 배반자로 인해 생긴 슬픔을 지워 버리고 싶다면 절대적으로 자네는 이 말이 사실임을 자신에게 납득시켜야 하네.

그래, 바로 그거야. '혐오감' '파렴치한 배반자,' 멜로드라마에나 나오는 이 말들을 머릿속에 기억해 두고 기회가 닿을 때마다 말로든 글로든 사용하도록 하게. 자네를 버린 여자에게 편지를 보낸다거나, 친구들에게 그녀에 대해 이야기를 할 때 말이야.

글로 쓰고 말로 얘기해야 하네. 그건 내가 자네에게 처방하는 치료법 가운데 하나라네. 연인에게 질책과 욕설, 강한 항의가 섞인 편지를 보내게. 자네의 날카로워진 신경이 진정되고, 배신자에게는 양심의 가책을 느끼게 할 것이네. 일석이조라고 할 수 있지. 친구들에게 사랑의 배신자에 대해 털어놓게. 마음이 아플 땐 부끄러움 같은 건 치워 버리고 자네의 심정을 토로하고 고백하게. 만사가 순조로울 때가 아니라 잘 안 풀릴 때 우리에게는 친구가 필요하며, 그들에게 도움을 청해야 하네. 그러기 위해 친구가 있는 거라네. 블레싱턴 백작부인은 바이런에게 '좋은 가문의 사람들이 지녀야 할 신중함'을 망각했다고, 그리고 '사적인 고통을 스스럼없이 대화의 형식으로 털어놓는' 그의 습관에 대해 비난했네. 하지만 백작부인의 생각은 틀렸으며, 바이런이 맞았네. 건강이나 돈 문제, 사랑의 슬픔을 감추는 것은 위장된 고상함일 뿐만 아니라 영혼의 평등에 치명적인 잘못을 저지르는 것일세(자네가 간절히 구해야 할 것은 마음의 평온이네). 말은 감정을 진정시키고, 고백은 마음의 짐을 덜어주니까 이 방법을 사용해 보게. 자네의 고통과 분노를 글로 쓰고 큰

소리로 알리라는 말일세. 말에 취해 보게. 혹시나 지나친 건 아닐까, 결과를 악화시키게 되는 건 아닐까 두려워하지는 말게. 훌륭한 배우가 되지 않고서는 절대 좋은 연인이 될 수 없네.

자네는 그렇게 가혹한 사람이 못 된다고? 남아 있는 사랑의 감정 때문에 배신자에게 '혐오감'이나 '비열함'이라는 말을 던질 수 없다고 말하고 싶은가? 그럼, 그럴 경우 그녀의 행동이 얼마나 바보 같은 짓이었나를 강조하게. 빠른 시일 내에 그녀가 자신의 결별 선언을 후회할 것이며, 그 때문에 피눈물을 흘릴 것이라고 자네 자신에게 납득시키게. 내가 '자신을 납득시키라'고 말한 것은 자네가 납득시켜야 하는 사람은 자네 자신뿐이며, **부도덕한 여자**에게 비난의 편지를 보내는 것과 친구들에게 결별에 대해 털어놓는 것도 오로지 자네에게서 해로운 독을 제거하고 감당하기 힘든 고통에서 스스로를 자유롭게 해주기 위한 것, 이 모든 행동의 유일한 목적은 자네가 시련을 이겨내도록 돕기 위한 것임이 분명하기 때문이네.

그러나 자네의 설득으로 연인이 돌아올 것이라고는 기대하지 말게. 내 경험을 얘기하자면, 내게서 멀어져 가는 여자의 마음을 돌리려고 시도했을 때마다, 그리고 기뻤던 순간들, 사랑의 추억들, 의기투합의 순간들을 상기시키며 그녀를 감동시키려고 노력했을 때마다 매번 나는 비참한 실패를 맛보아야 했네. 자네를 더 이상 사랑하지 않는 그 여인은 아무것도 듣지 않으며, 아무것도 기억하지 못하네. 괴로운 마음에는 이성의 언어가 들어설 자리가 없네. 잘난 체하는 많은 철학자들이 이성의 힘에 터무니없는 신뢰를 보내지만, 나는 그 반대로 자네가 소위 말하는 이성이라는 제국의 허망한 본질을 꿰뚫어 보기를 권하네.

　자네를 떠나기로 결심한 여자에게 그렇게 해서는 안 될 **이유들**을 늘어놓는 것은 속임수에 지나지 않는다네. 논리적인 말로 그녀를 감동시키기를 바라는 것은 거의 진 게임이나 마찬가지야. 그건 물이 없는 우물에 돌을 던지거나 허공에 공을 던지는 것과 같은 것이라고 할 수 있네. '풍덩' 하는 소리는 전혀 들리지 않고, 공이 튀어오르는 소리도 들을 수 없을 것이네. 자네가 사랑하는 사람이 자네에게 돌아갈 수도 있네. 가끔은 결별이란 것이 일시적일 때가 있기 때문인데, 그렇지만 그건 절대 자네의 설득력 때문이 아닐 것이야. 여자들이 가장 참기 힘들어하는 것은 바로 양심의 가책이라는 것을 기억해 두게. 우리 남자들이야 운명을 극복하려는 성향이 강하기 때문에, 다시 말해 과거를 직시하려고 하기 때문에 후회의 감정을 느끼는 것을 두려워하지는 않는다네. 또 우리가 종교적으로 민감할 경우 느끼는 회개의 감정도 꺼리지 않네. 그러나 여자들이란 과거, 즉 사랑의 과거에 대해 거의 관심을 갖지 않기 때문에 지나간 일에 대한 향수 같은 감정을 거의 가지고 있지 않아. 여자들은 때론 서슴없이 과거를 왜곡하고 재창조하며, 심지어는 지우기까지 한다네. 한 남자를 미치도록 사랑한 후에 이내 그와 결별하고 보잘것없는 남자랑 붙어다니는 여자는 자신의 첫사랑을 잊기 위해, 잊는 척하기 위해, 그리고 그 사랑을 부인하기 위해 무슨 짓이라도 할 수 있네.

　한 의사 친구가 여자들의 이러한 유감스러운 행동을 생물학적으로 해석하는 걸 들은 적이 있네. 여자들은 아이들을 세상에 태어나게 하고 생명을 주기 때문에 새로운 사랑을 쉽게 시작할 수 있는 능력과 아름다웠던 사랑도 쉽게 잊어버리며, 그 흔적까지도 말끔히 지워 버리는 이상한 능력을 가진다는 것이야. 물론 가능한 얘기이지만 그건 내게 별로 중요하지 않다네. 인정사정 없는 사랑의 전쟁에서 중요한 건 열정이야. 그리고 친애하는 대자, 설득의 말과 이성이라는 무기는 이 전쟁에서 효력이 없다는 것을 유념하게.

나는 나의 본래 성격과는 정반대인, 여자들의 아주 낯선 그러한 자질에 매번 새롭게 놀라며 현재의 순간을 즐기지 못하는 여자들의 무능함, **카르페 디엠**(Carpe diem), 즉 지금 현재 이 순간에 최선을 다하지 못하는 그녀들의 무능함, 일어나지도 않은 일에 대한 헛된 불안으로 현재의 행복을 퇴색시켜 버리는 그녀들의 기술, 그녀들의 끊임없는 불만족, 그녀들의 무엇이라 꼬집어 말할 수 없는 애매한 욕망, 그녀들의 비현실적이고 몽상적인 보바리 부인 기질을 목격해 왔네.

나는 거의 40년간 나의 젊은 애인들에게 걱정하지 말라고, 쓸데없는 공상으로 생을 망치지 말라고, 그리고 "날 사랑해?" "날 속이는 건 아니지?" "영원히 내 곁을 떠나지 않겠다고 맹세해 줘!" 하는 말들로 끊임없이 사랑을 확인하려 들지 말라고 애원해 왔다네. 여자들이 불가지론자(不可知論者)들일 경우 그녀들에게 에피쿠로스의 멋진 명언 "미치광이의 삶은 매력이 없다. 그는 일어나지도 않은 미래를 걱정하며 미리 두려워한다"를 들려 주고, 유신론자일 경우에는 그리스도의 잠언을 인용했네. "그러므로 내일 일은 걱정하지 말아라. 내일 걱정은 내일에 맡겨라. 하루의 괴로움은 그날에 겪는 것만으로 족하다."(〈마태복음〉, 6:34) 그러나 그건 바다를 경작하겠다는 것과 마찬가지였으며, 마치 내가 그녀들에게 이해할 수 없는 언어로 말하고 있는 것 같았네.

친애하는 대자, 내가 말하고자 하는 게 바로 그것이네! 자네가 키케로나 보쉬에 같은 달변가라 해도 자네의 논리는 빗물이 백조의 날개 위를 타고 흘러내리듯, 좋아하는 대상에게 아무 영향도 주지 못할 것이야. 그러니까 함께한 추억들을 상기시킨다고 해서 연인이 마음을 돌릴 것이라고는 절대 생각하지 말게. 그건 아마도 가장 무분별한 행동이 될 테니 말일세.

지금까지 얘기한 것을 정리해 봄세. 만약 자네가 나무랄 데 없는 연인이었는데도 사귀던 여자가 자네를 떠나려고 한다면 애써 붙잡으려고 하지 말게. 결국 자네만 지친다네. 그녀에게 감동적인, 아니면 비난의 편지를 보내게. 아무 도움도 되진 않지만 그렇게 하는 것이 자네에게 조금이라도 위안이 된다면 말일세. 만약 그녀를 정말로 불쾌하게 하고 싶다면 그녀가 쓴 연애 편지들을 복사해서 보내 보게나. 사랑이 식은 여자가 가장 못 견뎌하는 것은 연애하던 당시 그녀가 어땠는지를 상기시켜 주는 기억들이라네. 자네에게 남발했던 뜨거운 사랑의 언어와 맹세들을 떠나간 그녀에게 다시 읽도록 하게. 확실한 효과를 보장하네. 그녀는 미친 듯이 화를 낼 것이야. 마음에 들면 한번 해보게. 자네의 불행한 마음에 조금이라도 즐거움을 줄 수 있다면 그걸로 된 거야. 그러나 과거와 대면한다고 해서 떠나간 그녀가 자네의 자리를 빼앗은 바보를 차버리고 자네의 품속으로 다시 뛰어들 거라고는 바라지 말게.

그녀가 자네에게로 돌아오기를 바란다면, 가장 좋은 방법은 죽는 척하는 것이네. 그녀의 결별 결정을 확인하게 되면 사라져 버리게.

언제까지나 자네 곁에 머무르며 자네의 임종까지
지켜보리라고 확신했던 연인에게 거절당하고 거부당하는 것은
고통이고 치욕일 것이네. 그리고 그 감정은
낮이나 밤이나 자네를 따라다니며 괴롭힐 것이야.
그녀가 자네를 영원히 좇아 버린 에덴 동산의 문을
두드리느라 자네의 손은 피로 뒤범벅이 될 것이네.

　자네가 연인에게 성실하지 못했으므로, 그녀가 결별을 작정하게 된 이유는 그녀의 어리석음 때문이 아니며 자네의 변심, 가벼운 행동, 거짓말들이 그녀에게 돌이킬 수 없을 정도로 실망과 환멸을 준 것이라면, 그래서 그녀가 자네에게서 **멀어진** 것이라면 얘기는 아주 달라지네.

　나는 종종, 특히 나이가 어린 여자일수록 한 남자를 오랫동안 사랑하려면 그 사람은 그녀가 찬미할 수 있는 상대라야 한다는 것을 느꼈다네. 만일 그녀가 연인을 열렬히 사랑하고 그들 관계에 있어서 남자의 에로틱한 매력이 중요한 부분을 차지한다면, 사랑의 초반기일 경우 여자는 연인의 심술궂고 무분별한 행동도 보통은 용서하네. 그러나 그러한 행동이 장기적으로 계속되면, 여자는 연인에 대한 환상에서 깨어나게 된다네. 친애하

는 대자, 한번 환상에서 깨어난 여자는 이내 달랠 수 없을 정도로 마음이 돌아서는 법이야. 그녀의 눈은 떠지고, 그녀는 이제 분명하게 본다네. 그녀가 열정을 바쳐 사랑하고 싶었던 남자의 기만적인 맹세에 더 이상은 속지 않는다는 말일세.

그녀는 이제 자네의 실체를 꿰뚫어 보고, 그때부터 자네는 볼장 다 본 거나 마찬가지라네.

조만간 결별의 순간이 올 것이네. 자신의 연인에 대해 더 이상 신뢰도, 존중도 느끼지 못하는 여자의 열정 역시 빠르게 사라질 것이야. 물론 여전히 희미한 욕망이나 다정함, 동정심 같은 것이 남아 있을 수 있네. 하지만 이들 감정에 경멸이 뒤섞이게 되면 여자의 마음속에 남아 있던 마지막 동정심이나 상냥함, 욕망도 사라져 버린다네.

그녀는 자네를 떠날 것이야. 자네는 결별을 선언하는 그녀의 차가움에 큰 충격을 받고, 그녀의 몰인정함에 깜짝 놀라며, 그녀의 냉소적 태도에 아연실색할 것이야. 너무나 갑작스럽게 자네가 알던 사랑에 푹 빠진 어린 연인은 얼음같이 싸늘한 목소리에 빈정거리는 눈빛, 머릿속에는 더 이상 자네가 아닌 다른 생각들로 가득 찬 낯선 이로 돌변한다네.

이 상황이 자네에게 아무리 끔찍하다고 하더라도 여성에 대한 저주를 퍼붓는 것은 옳지 못하네. 아무리 고통스러워도 탓할 사람은 자네 자신뿐이야. 배신자는 바로 자네니까. 고집스럽게 자신이 올라탄 나뭇가지를 톱질하는 사람은 어느 날 가지가 부러져 가시덤불과 쐐기풀 사이에 떨어져도 불평할 자격이 없는 법이라네.

자네가 결백하든, 비난을 받을 만하든, 마음에 상처를 입는다는 사실에는 변함이 없지만 그 고통의 정도는 다르네. 자네가 결별을 당할 만한 잘못을 저지르지 않았는데도 단순히 다른 남자와 사랑에 빠져서, 아니면 어리석어서(두 가지 모두 해당되는 여자도 종종 있기는 하네) 여자가 자네를 버렸다면 자네로서도 어쩔 수 없는, 자네의 잘못으로 일어난 게 아닌 상황과 부딪쳐야 할 것이네. 반대로, 자네의 신의 없는 행동들이 연인으로 하여금 결별 선언을 하게 만들었다면 자네는 슬픔과 양심의 가책을 느낄 것이네. 자네는 만취한 상태로 운전하다가 일어난 차사고로 중상을 입은 사람과 같은 상황에 처한 거야. 불행하게도 반신불수가 된 그는 끊임없이 그날 운전대를 잡은 사실에 대해 자신을 저주하게 된다네. 아! 만약 시간을 되돌릴 수 있다면! 그러나 너무 늦었네. 우리들 생명의 모래시계는 되돌릴 수가 없어. 신조차도 시간을 거슬러 올라가 과거를 바꿀 능력을 가지고 있지 않다네. 워털루 전쟁은 일어나지 않았고, 나폴레옹의 패전도 없었던 일로 할 수 없단 말일세.

언젠가 이런 시련을 겪게 될 때 악마가 자네에게 파놓을, 그리고 자네가 완강하게 피해 가야 할 세 가지의 함정은 거짓말·비웃음·신경쇠약이네.

요즘 사람들은 더 이상 악마의 존재를 믿지 않는다고 하네. 이 얼마나 순진한 말인가! 신의 존재 여부에 대해서는 가끔 의문을 가지긴 했어도 악마에 대해서는 나는 한번도 의심해 본 적이 없다네.

예수는 우리에게 악마는 "거짓말쟁이이며, 거짓말의 아비이다"(〈요한복음〉, 8:44)라고 가르쳤고, 사막의 교부들이 '조롱자'로 부른 대상도 바로 악마였다네. 다른 이들에게 거짓말하지 말게나. 특히 자네 자신을 속이지 말게. 조롱함으로써 고통에서 달아나려고 하지 말게.

그렇다고 신경쇠약에 걸려서도 안 되네. 자네의 십자가는 자네 스스로 짊어져야지 끌어서는 안 되네. 알렉상드르 엘차니노프 신부는 이렇게 적고 있네. "신경쇠약과 신경과민은 교만죄의 다른 모습들이다. 가장 교만한 자는 악마다."

이러한 상황을 비웃어 넘기려고 어깨를 으쓱하며 무관심을 가장한 채 비열하게 "세상에 널린 게 여자야"라는 말을 내뱉고 싶어할 수도 있네. 이런 관점에서 볼 때 내가 가장 경멸하는, 다시 말해 가장 야비하고 천박하다고 생각하는 게 무엇인지 아나? 그건 바로 젊은 여성들을 위한 월간지 표지에 '당신의 남자에게 버림받았을 때 15일 만에 그를 잊는 법'이라고 굵은 글자로 인쇄된 제목을 보는 것이라네.

친애하는 대자, 그 불행이 자네 책임이 아니었다 하더라도 불성실했던 여자를 애써 잊으려고 하지 말게. 그리고 자네 자신이 자네를 불행하게 만든 장본인이라면 더더욱 아무 미련 없이 잊으려고 하지 말게. 그것은 이제는 끝나 버린 아름다웠던 자네의 사랑과 자네 자신을 모욕하는 것이 되기 때문이네.

그러지 말고 끝까지 이 위기를 견디게('위기'라는 단어는 '심판'을 뜻하는 그리스어의 한 단어에서 파생되었네). 이 위기를 자네가 피해자·피고인·변호사·검사의 1인 4역을 하는 소송으로 생각하고 넘겨 보게. "자신이 저지른 죄의 많음과 비열함을 깨닫는 것은 신이 내린 선물이다"라고 성 장 드 크론스타트가 말했네. 두렵지만 많은 교훈을 얻을 수 있는 선물을 못 본 척 지나치지 말도록 하게. 마음의 고통을 어색하게 받아들이지 말고, 역경 앞에서 우물쭈물하지도 말게. 자연스럽게 받아들이게. 슬픈 마음을 달래려 다른 데로 관심을 가지려 하지 말고, 쓸데없는 걱정으로 자신을 짓누르지도 말게. 그 대신 자신을 반성하고 양심 시험을 치른다고 생각하며 고통의 희열 속에 자신을 옥죄어 보게.

내가 말하고자 하는 것은 기독교에서 얘기하는 고통이 아니네. 고통을 권하자는 게 아니며, 나 역시 고통을 좋아하지 않네. 만약 자네에게 이런 고통이 닥친다면 시련 앞에서 도망치지 말고, 고통의 술을 마지막 한 방울까지도 남김없이 마셔 보라고 말하고 싶네. 그건 이들 고난과 시련이 자네가 자신을 좀 더 알게 되고, 인격의 성숙을 이루는 데 도움을 주기 때문이라네. 시련과 고난은 자네를 고통에서 자유롭게 해줄 도구가 될 것이네.

나는 선과 악이란 자신의 완성이라는 관점 안에서만 존재한다고 생각하네. 우리를 자유롭게 하는 데 도움이 되는 모든 것이 선이고, 이 자유를 구속하는 모든 것이 악이야.

양심 시험은 요컨대 교회에서 만들어 낸 것이 아니네(이런 말을 하는 이유는 교회를 싫어하는 사람들 때문이네). 피타고라스는 제자들에게 이 시험을 경험해 볼 것을 권했으며, 세네카 역시 스토아철학자였음에도 불구하고 다른 학파의 사상이라도 배울 게 있다면 절대로 그 기회를 놓치지 않고 자신들의 학문과

접목시켰다네. 세네카는 이렇게 말했네. "나는 나에 대한 양심 시험을 치르기로 했고, 매일 나 자신 앞에서 스스로를 심판했다."(《분노에 관하여》, 3:36)

나는 영원히 불타는 지옥의 유황불이 있다고는 거의 믿지 않네. 하지만 만약 지옥이 있다면 그곳에서 정말로 우리를 괴롭히는 것은 우리가 느끼는 양심의 가책이라고 생각하네.

사랑하는 사람에게 거짓말을 하고 그녀를 배신했기 때문에 그녀를 잃게 되고, 자네와 그녀를 하나로 이어 주던 뜨거운 사랑의 살인자가 바로 자네 자신이라는 것을 자각하게 되면 그것은 자네에게(자네의 행동이 정말 파렴치한 인간이어서가 아니라 한순간의 경솔함 때문에 일어난 것으로 설명이 된다고 하더라도 말일세) 아물지 않는 상처로 남을 것이네. 언제까지나 자네 곁에 머무르며 자네의 임종까지 지켜보리라고 확신했던 연인에게 거절당하고 거부당하는 것은 고통이고 치욕일 것이네. 그리고 그 감정은 낮이나 밤이나 자네를 따라다니며 괴롭힐 것이야. 그녀가 자네를 영원히 쫓아 버린 에덴 동산의 문을 두드리느라 자네의 손은 피로 뒤범벅이 될 것이네.

정신적인 삶의 목적은 포기, 절제에 있으며, 그리스인들은 그것을 **아크테모수네**(aktèmosunè)라 불렀네. 사랑을 소유한다는 것은 망상이며, 우리의 행복은 일시적일 뿐이라는 것을 자네가 알고 있다고 하더라도 막상 사랑하는 사람을 갑자기 잃게 되고 그녀의 존재, 그녀의 얼굴, 그녀의 시선, 그녀의 목소리, 그녀의 미소, 그녀의 키스, 그녀의 애무, 자네의 몸에 닿는 그녀의 체온, 그녀의 피부 향기를 더 이상 느낄 수 없게 된다면, 그것도 자네의 잘못으로 인한 것이라면 자네는 치유할 수 없는 불행을 겪게 되는 것이네. 그 결별의 아픔은 소중한 사람의 죽음을 겪은 것에 비유할 수 있으며, 이 점에 대해서는 모든 대가들이 동의하네. 플루타르코스와 같은 무신앙자도 자신의 책 《영혼의 평온에 관하여》에서 비난받아 마땅한 행위에 대한 후회는 "그 영혼에 깊은 상처를 남긴다"고 지적했고, 마음의 심오한 탐색자였던 시리아의 성인 이사크도 자신의 《두번째 금욕주의 연설》에서 "절제된 애도와 고통만큼 우리를 정신적인 삶에 눈뜨게 하는 것은 없다"고 적고 있네.

그렇게 하기 위해서 글을 쓰게. 그 슬픔을 억지로 잊으려 하지 말고 종이에 까맣게 채워 내려가게. 실연의 아픔을 극복하는 데 있어 글쓰기는 매우 효과 있는 치료법이 된다네. 일기 · 시 · 소설, 어떤 종류의 글쓰기든 상관없네. 중요한 것은 자네의 펜을 자네의 눈물로 된 지워지지 않는 잉크에 적셔 자네의 절망적인 고통을 하얀 종이 위에 적어 가는 것이네. 자네의 아름다웠던 사랑과 비참한 결별의 아주 조그만 기억들까지 빠짐없이 모두 적는 것이네.

키케로가 사랑하는 딸 툴리아를 잃었을 때, 철학이 주는 위안도 친척들의 위로도 그의 마음을 진정시키지 못했네. 키케로는 아티쿠스에게 보내는 그 유명한 편지에서 이렇게 털어놓았네. "마음의 고통을 덜기 위해 모든 방법을 시도해 봤네. 자네가 그 증인일세. 자네 집에서 읽은 책들 가운데 마음의 슬픔을 가라앉히는 것과 관련한 책은 단 한 권도 없었네. 부질없는 일이었어. 고통이 가장 강하다네(sed omnem consolation vincit dolor)."

그래서 그는 다른 이들의 책을 그만 덮고 직접 자신만의 고통에 대해 쓰기로 결심했네. 그 고통을 덜고, 치유하고, 툴리아에게 시키온의 대리석보다 더 오래도록 남을 수 있는 기념비적 작품을 만들어 주기 위해서였다네.

자신의 괴로움들, 실패들, 양심의 가책들, 또한 자신이 지은 죄들을 아름답게 승화시키는 것은 절망을 다스리고, 수치심을 씻어 버리고 절망을 꼼짝 못하게 하는 가장 좋은 방법이라네. 자네와 헤어지고, 자네의 존재를 부인하고, 어쩌면 잊어버렸을 수도 있는 연인도 언젠가는 나이를 먹고, 죽을 것이야. 하지만 자네에게 그 사랑을 한 권의 아름다운 책으로 남기려는 영감이 떠오르게 되면 자네는 그것을 불멸한 것으로 만들 수 있을 것이네. 그리고 자네의 잔인한 연인과 자네의 심장이 관 속에서 한 줌의 가루로 변한 후 오랜 시간이 흐른 다음에도 그 사랑은 창백한 불빛 아래서 자네의 책을 읽는 젊은 여성 독자들의 가슴을 뛰게 할 것이네.

내가 자네에게 주는 첫번째 충고는 연인과 함께 경험할 수 있고,
경험해야 하는 모든 것들을 이루었음을 확신하기 전에는
소중한 여인을 떠나지 말라는 것이네.

친애하는 대자, 이번에는 자네가 결별을 선언하게 되는 그 날에 대해 생각해 보세.

그 경우, 상황은 달라질 것이네. 자네를 배신하거나 자네에게 싫증이 난 연인이 자네를 찌르는 게 아니라 그 반대로 자네가 일격을 가하는 거네. 자네는 더 이상 카이사르가 아니라 브루투스인 셈이야.

그 차이점은 고통의 정도에 있네. 누구나 인정하는 사실이지. 그렇지만 사형집행인이 된다고 해서 사형당하는 사람의 고통을 겪지 않을 것이라고는 생각지 말게.

한 여자의 연인이 된 남자는 으레 자만심이 강하고, 자신에 대해 만족스러워하며, 연인이 자신을 사랑하기를 멈추었다는 사실을 인정하지 못한다네. 거짓된 행복에 속아넘어가는 둔한 사람은 폭풍우가 다가오는 것을 느끼지 못하네. 그는 아무것도 짐작하지 못해. 결국 어느 날 아침 도착한 편지, 겉면에 적힌 연인의 필체를 알아보고 봉투를 뜯으며 그는 사랑의 속삭임들을

읽게 될 것으로 기대하지만 결별의 내용을 발견하게 되고, 불운이 벼락처럼 그에게 닥치게 되는 것이네. 물론 잔인한 고통을 겪게 되지만, 그 오만한 사람은 적어도 사랑하는 연인을 마지막 순간까지 좋아했지 않은가.

자네가 연인에게 결별을 선언하거나 아내에게 이혼을 요구하는 경우는 사정이 다를 것이야. 관계를 깨버리고 싶은 욕망이 마음속으로 비집고 들어온 순간부터, 그리고 결별을 마음먹고 연인에게 그 결정을 알릴 용기가 생길 때까지 그 사이에 얼마간의 시간이 흐를 것이네.

그 시간이 길든 짧든, 자네가 감정의 교차로에서 서성거리든, 조금도 주저하지 않고 치명적인 결별을 선언하든지간에 결단을 내리는 것은 고통스러울 것이네. 그 점에 대해선 조금도 의심의 여지가 없어. 결별을 결심했다는 것은 그 결정 자체로 이미 고통스러울 것이네. 따라서 자네는 실제적인 결별 훨씬 이전부터 괴로워하기 시작할 것이야. 그 동기가 무엇이든 헤어지겠다는 결정을 하는 것은 그 결과만큼이나 찢어지는 아픔이라네.

자네 역시 이 아픔을 피할 수 없을 것이야. 어떻게 할 생각인가? 이 마음의 고통은 그 어원에 나와 있는 것처럼 결별과 불가분의 관계라네.

라틴어 동사 rumpere(break, destroy)는 그것이 육체적이든 정신적이든 고통, 파열의 의미를 지닌다네. 그리고 그 합성어들은 상처를 입지 않고는 빠져나올 수 없는 모든 행위들을 함축하고 있네. 예를 들면 erumpere(break out, burst)는 장애물을 제거하며 밖으로 튀어나오는 것을 의미하고, abrumpere(break off, tear)는 부수며 분리하는 것, dirumpere(break apart)는 산산조각 내는 것, prerumpere(pre+rumpere)는 거칠게 앞으로 밀치고 나아가는 것, subrumpere(under+rumpere)는 부수며 넘어뜨리는 것을 의미하네.

프랑스어의 rompre(break)라는 단어 역시 앞에서처럼 정신적·육체적으로 '부수다'의 의미를 내포하며, 그 예로 빵을 손으로 뜯는다거나 침묵을 깬다고 할 때 쓰인다네. 범인을 차형(車刑)으로 박살낸다고 말할 때는 쇠막대기로 그의 사지를 부러뜨리는 것을 의미하네.

어원 사전을 찾아보면 다른 많은 예들을 볼 수 있을 것이야. 결별에 관한 나의 이야기가 자네에게 결별이란 외과 수술과 마찬가지라는 생각을 심어주었기를 바라네. 그 수술에서 자네는 외과 의사인 동시에 환자이고, 훌륭한 신(또는 원한다면 자연이라고 생각해도 좋네)이 발명한 마취제의 힘도 빌릴 수 없는 상황에 처한다네.

사랑하는 여인이 자네를 떠날 때 외부에서 오는 자네의 고통은 수동적인 것이어서, 죄인이 법의 판결에 따라 벌받는 것처럼 자네도 고통을 치르는 것이라 생각하면 된다네. 자네가 연인 관계를 깰 때, 그 고통은 반대로 능동적인 것이어서 자네는 그것을 이겨낼 각오를 해야 하네. 왜냐하면 그것은 자네 혼자서 내린 결정이고, 언제라도 그 결정의 방향을 바꿀 수 있으며 없었던 일로 취소할 수 있기 때문이야. 결정의 실행은 자네에게 아주 특별한 힘을 요구할 것이네.

어원 이야기를 조금만(하독 선장의 표현을 빌리자면 눈물만큼만) 더하겠네. 그러나 안심하게. 나는 하이데거주의자가 아니니까 그것을 남용하지는 않겠네.

Resolvere(disperse)와 dissolvere(dissolve, destroy)는 solvere(용해하다; melt)에서 나온 합성어들로, 이 단어들은 분리해서 생각할 수 없으며 가끔은 동의어로도 쓰이네.

'Résoudre(solve)'에는 '없애 버리다' '분해하다'의 뜻이 들어 있네. 예를 들면 "불은 나무를 재와 연기로 분해한다."

친애하는 대자, 연인 관계를 끊기로 한 자네의 **결심**(résolution, resolution)도 자네의 사랑을 재와 연기로 **분해해**(résoudre) 버리네.

결정하는 것, 그것은 와해시키는 것이네. 속지 말게. 결별은 언제나 사형 선고나 마찬가지라네.

따라서 아무리 자네가 단호하다고 하더라도 결정을 내리기 전에 잘 가늠해 보아야 하네. 남은 일생 동안 그 결정을 후회하게 될 수도 있으니까 결별 결정을 가볍게 내리지 말게. 사랑을 죽이는 것도 일종의 살인이네. 더군다나 자살 같은 일은 저지르지 말게.

어떤 결별들은 그것을 선언하는 사람을 해방시켜 주는 것이 되기도 하는 반면, 어떤 결별들은 마음에 죄를 짓는 것이 되네. 입센의 한 작품에 나오는 이야기인데, 한 남자가 그의 약혼녀와 파혼했네. 몇 년 후에 그는 전 약혼녀에게 그녀를 버렸던 이유를 설명하네. 여자는 이렇게 반박하네. "그게 바로 원죄예요." 그리고 셰스토프는 다음과 같이 해석했네. "생각을 체험보다 더 중히 여기는 것이 원죄라는 사실을 그녀는 잘 깨달았다."*

32

바로 그것이 중요하다네. 따라서 내가 자네에게 주는 첫번째 충고는 연인과 함께 경험할 수 있고, 경험해야 하는 모든 것들을 이루었음을 확신하기 전에는 소중한 여인을 떠나지 말라는 것이네.

자네가 그녀를 버리는 것은 영원히 그녀를 잃는 것이라고 상상해 보게. 여자들은 잠적하는 기술에 있어서는 매우 뛰어나다네. 그리고 그녀들의 성을 특징짓는 그러한 변신 능력은 바로 결혼과 함께 이루어지는 성의 변화를 상징하며, 이는 전화번호부를 이용해서 그녀들을 찾으려는 가능성을 자네에게서 빼앗아 간다네. 여담이지만, 사라진 연인을 찾는 데는 르 보탱 몽댕(상류 사회 인명록)이 라 포스트(우체국)보다 훨씬 나은 서비스를 제공하네. 자네도 내 말에 동의하겠지만 속물 근성에 부합하는 그런 인명록을 참조해 보는 것은 좋은 생각이라네.

청소년들이 쉽게 결별하는 것은(서부 영화에서는 카우보이가 쉽게 방아쇠를 당긴다고 표현한다네) 실제 경험이 없는 그들이 진정한 만남은 많으며, 어디에서나 발견할 수 있다고 생각하기 때문이라네. 하지만 경험이 있는 남자라면, 특히 바람기 있고 끊임없이 이 여자에게서 저 여자에게로 전전하는 경우라면, 반대로 그런 만남이 아주 드물며 우리의 인생이 아무리 길고 파란만장하다고 하더라도 그것은 소중하고 특별한 만남으로 남는다는 것을 알고 있다네.

---

* 《레프 셰스토프와의 만남 *Rencontres avec Léon Chestov*》에서 뱅자맹 퐁단 인용, 파리, 1982.

그렇기 때문에 나이를 먹을수록 더욱 결별하기가 쉽지 않은 법이라네. 사랑하는 연인에게서 벗어나려고 하는 것은 불쾌한 일이며, 그 사람의 존재 · 애무 · 쾌활함 · 목소리는 이미 우리의 인생에 깊숙이 들어와 있기 때문에 아무리 우리의 관계가 나빠져도, 말다툼이 늘어가도, 우리는 결별을 먼저 선언할 용기가 없어서 **그녀**에게 책임을 미룬다네. 우리는 그냥 기다리네.

때를 기다리는 이러한 경향이야말로 남자의 유약함을 보여주는 것이네.

한 남자에게 그를 매우 행복하게 해주는 연인이 있네. 어느 날 그는 다른 여자를 만나게 되는데, 유혹을 견디지 못하고 그녀의 연인이 되네. 그렇다고 해서 그가 첫번째 연인과 결별하는 것은 아니네. 그건 그가 그녀를 여전히 사랑하고 있을 뿐만 아니라, 그의 삶 속에 막 들어온(침대로 말일세) 새로운 연인이 지속적인 사랑이 될지 아니면 지나가는 별똥별이 될지 모르기 때문이라네. 그래서 어쩔 수 없이 그는 거짓말을 하게 되고, 두 여자와의 관계를 동시에 진행시키게 되네. 그리고 만일 그가 조금이라도 돈 후안의 기질을 가지고 있다면(갈리노스는 우리의 도덕은 성격에 좌우된다고 정확하게 적고 있어. mores sequantur temperamentum) 결별을 선언하지 못하는 그의 약한 마음은(단순히 비겁해서라기보다는 연인을 힘들게 하고 싶지 않은 바람도 있다네) 때론 그 자신도 놀랄 정도로 많은 여자들의 연인이 되는 결과를 가져오게 된다네. 이러한 상황은 전혀 부러울 것이 없으며 천국이라기보다는 지옥에 가깝네. 불행한 남자는 그 복잡한 관계에 자신의 에너지 · 순결함 · 시간을 소모해 버리기 때문이네.

그런 이상한 남자를 두고 여자들은 보통 이렇게 말하네. "더러운 자식!" 더러운 놈이라는 건 맞지만 그를 모욕하는 건 옳지 않네. 그리고 내가 보기에는 그가 정말로 타락해서가 아니라 미성숙하고 경솔하고 현실을 인정하지 않으려 하기 때문이라고 생각하네. 오랫동안 그런 삶을 살아온 한 남자를 알게 되었는데, 그는 자살 강박관념에 사로잡혀 있었네. 그는 젊었을 때 정신과 의사들로부터 편집증과 정신분열증에 걸릴 가능성이 다분하다는 진단을 받았다네. 친애하는 대자, 이런 말을 하는 이유는 자네를 분개하게 하는 행동들에 대해 도덕적인 잣대로 너무 성급한 판단을 내리지 말았으면 해서라네.

연인들이나 남편들이 변심을 숨기기 위해 늘어놓는 끊임없는 변명에 여성들이 관대하지 못한 이유는, 그녀들이 사랑에 있어서 우리 남자들보다 훨씬 더 단호하기 때문이네. 여성이라는 성을 가진 사람은 자네를 많이 사랑했어도 다른 좋아하는 이가 생기게 되면 달라진다네. 그때부터 어떤 결정을 내리는 데 있어서 그녀들이 보여주는 신속성은 최고라 할 만하네. 지난 일에는 눈길 한번 안 주고 새로운 사랑에 빠진다네. 자네가 배신에 대한 부끄러움과 행복해지고 싶은 욕망 사이에서 고민하며 주저할 때 여자는 사생결단을 낸다네. 그녀는 양단간에 결정을 내린다네. 다른 사랑하는 사람이 생기면 그녀는 자네와 함께 나누었던 과거에 조금도 미련을 두지 않고 냉담한 시선으로 자네를 떠난다네. 미래를 위해 과거를 잊기로 하는 그녀는 천진난만하게 노래하네. "아니에요, 절대로. 아무것도 후회하지 않아요." 여자들은 언제나 결백하며, 죄의식은 그녀들의 몫이 아니라네. 절-대-로 말이야.

우리 남자들은 소심해서 상황이 악화되도록 내버려둔다네. 고르디우스의 매듭이 저절로 풀어지기를 기다리는 셈이지. 반면 양심에 충실하고자 애쓰는 여자들은(떳떳함만이 그녀들에게 양심의 가책을 느끼지 않고 잊을 수 있도록, 다시 말해 과거를 청산하도록 해주기 때문이네) 마케도니아의 알렉산드로스 대왕이 사용했던 방법을 따른다네. 즉 그녀들은 쾌도난마(快刀亂麻)의 기세로 단호하게 결정을 내리네.

젊은 여성에게 있어 한 남자에 충실하다는 것은 연인을 배신하지 않는다는 것을 의미하지 않으며, 한번에 한 사람의 연인만을 사귄다는 뜻이네. 자네가 잘못한 게 하나도 없는데도 연인이 자네에게 결별의 편지를 썼다면 그녀가 괜찮은 남자를 만난 것이라고 거의 확신해도 좋네. 어쨌든 아가씨들은 그렇다네(상류 사회의 젊은 여성에서 낙후된 교외 지역의 마그레브(Maghreb: 모로코·알제리·튀니지를 포함하는 북아프리카 지역. 여기서는 프랑스로 이민 온 부모에게서 태어난 젊은이들을 의미) 여성에 이르기까지, 그녀들이 어느 계층에 속하든 말이야). 어느 정도 나이가 있는 여인들이라면 다르게 행동할 수도 있네. 하지만 나는 나이든 여자들에 대해서는 잘 모르기 때문에 어떨 거라고 얘기해 줄 수가 없네. 그러나 반대로 새로운 열정을 알게 된 젊은 여성은 그 사랑에 자신을 완전히 내맡기며, 그 상대 외에 다른 남자가(비록 그 사람이 현재의 연인이라고 해도 말일세) 자신을 만지고 애무하고 자신에게 쾌락을 주는 것을 못 견뎌한다는 건 확신할 수 있네. 그렇기 때문에 여성들은 단기간에 결별의 결정을 내리게 되며, 그것이 정직하고 '순결'하려는, 그리고 자신이 좋아하는 남자를 배신하지 않으려는 그녀들의 방식이라네. 자네는 순진하기 때문에 연인이 좋아하는 그 남자가 더 이상 자네가 아니라는 사실을 이해하기 힘든 것이라네.

친애하는 대자, 결별 기술의 대가들은 바로 여자들이라고 확신해도 괜찮을 듯싶네. 그리고 내가 아닌 그녀들에게서 그 기술에 대한 지식을 얻을 수 있을 것이네.

만일 부인(否認)하기를 겨루는 올림픽이 있다면, 남자들은 연인을 그렇게 사랑했으면서도 그들의 장례식날 만취하도록 샴페인을 마시는 타티아나·마리 엘리자베스·바네사(이 이름들은 우체국의 달력에서 우연히 고른 것일세) 등 다른 많은 여자들의 상대도 되지 않을 것이네.

프랑스 문학 역사상 여성을 가장 혐오하는 문장이 무엇인지 아는가? 라브뤼예르가 그것을 썼다네. 여성들의 입장에서 보면 그것은 너무나 모욕적이며, 일종의 경멸 같은 것이 담겨 있는데, 자기 주장이 강한 페미니스트연맹들이 아직도 학교 교과 과정과 시도서관들에서 라브뤼예르의 《성격론》을 없애라고 요구하지 않았다는 사실이 놀라울 따름이야. 그 문장은 바로 이것이네. "여자는 자신이 더 이상 사랑하지 않는 남자에 대해서는 예전에 그녀가 그에게 보여준 애정의 표시까지도 잊어버린다."

라브뤼예르는 죽었고, 아무 말도 할 수 없네. 이 문장을 쓴 작가가 아직 살아 있다면 그는 몰매를 맞았을 것이네.

나는 두 젊은이가 서로 많이 사랑했다면 결별, 부재, 흐르는 시간, 이 모든 것을 뛰어넘어 영원하고 신비한 감동으로 일체된다고 믿고 있기 때문에 여자에 대해서 이토록 가혹한 말을 쓴 적이 없네. 예전에 받았던 연애 편지들을 다시 읽을 때면 마음이 약해져서(그러나 이렇게 민감한 분야에서는 약한 게 힘이라네) 나에게 편지를 쓴 여인들이 그 당시 우리가 함께 나누었던 행복을 조금도 잊지 않았으며, 희미한 꿈처럼 나에 대한 추억이 가끔 그녀들의 공상 속을 지나갈 것이라는 생각을 한다네.

친애하는 나의 대자, 자네는 영화를 좋아하니까 마르셀 카르네의 영화 《밤의 방문객》 마지막 장면을 기억하고 있을 것이네. 악마가 연인들을 석상으로 만들어 버린 뒤에도(악마는 사랑을 할 수 없으며, 사람들이 서로 사랑하는 것을 끔찍이 싫어하지) 여전히 그들의 심장이 계속해서 뛰고 있는 장면이었네. 그리고 혹시, 그리 많이 유명한 영화는 아니지만 제리 주커의 영화 《사랑과 영혼》을 본 적이 있는가? 이 영화 역시 죽음에 대한 사랑의 승리를 멋지게 우의적으로 표현했다네. "사랑은 죽음만큼 강하다(Fortis est ut mors dilectio)"라고 《구약성서》의 〈아가〉(Le Cantique des cantiques, 솔로몬의 노래)(8:6)에 나오네." 카르네와 주커처럼 나도 사랑의 최종 승리를 믿는 열정적인 사람들 가운데 하나라네.

자네의 인생은 곧 지옥으로 변할 것이네.
행복이라는 꽃이 활짝 피었을 때는
자기 도취의 감정으로 인하여 그 행복이 어느 날
시들 수도 있다는 생각을 못하게 막는다는 것을
이미 얘기했었네.

어느 날 아침, 라디오에서 어린 딸이 살해되었다는 한 여자가 말하는 것을 들은 적이 있네. "가장 힘든 건 삶이 계속 흘러간다는 거예요. 내 딸아이가 없어도 계속 흘러간다는 사실이었어요."*

사랑의 결별도 마찬가지라는 것을 알아두게. 어떻게 손쓸 수 없는 연인의 부재, 다시는 볼 수 없는, never more, 가슴을 찌르는 듯한 그 고통을 받아들이고 평생 품고 살아가야 할 것이네.

바로 이런 이유로 결별을 하기 전에 연인이 자네에게 가져다주는 기쁨과, 그녀가 자네에게 치르게 할 고통을 저울질해 봐야 한다네.

벌써 알아차렸겠지만 나는 자네에게 이기적인 사람이 되라고

---

* 1995년 9월 9일 오전 8시 10분 《유럽 1 *Europe 1*》 라디오 방송에서.

가르치는 것일세. 따라서 결별해야 할 상황이 올 때 자네가 연인에게 줄 고통을 헤아릴 게 아니라 자네 스스로가 겪을 고통에 대해 먼저 생각하라고 말해도 별로 놀라지 않을 듯싶네. 결별의 난파 속에서 보이스카우트 흉내는 내지 말게. 익사의 위험으로부터 구해야 할 사람은 바로 자네, 자네 자신이라네. 자네에게 좋은 쪽을 선택하게. 무엇보다도 자신을 사랑하게. 자네에게 중요한 것은 배신한 여자의 운명이 아니라 자네의 운명일세.

잠자리에서는 많은 기쁨을 주지만 질투심이 강하고, 포악한 성격에 끊임없이 말다툼을 하는 연인이 있다고 가정해 보세.

반복되는 말다툼은 자네의 행복에 그늘을 드리우게 되네. 그렇지만 자네는 그것을 견뎌낸다네. 이 황홀한 연인의 품안에서 자네가 느끼는 기쁨에 비하면 사소한 말다툼은 그리 중요하지 않기 때문일세.

어느 날, 겨울 스포츠를 즐기러 떠난 연인이 스키 강사와 사랑에 빠져 자네를 배신했다는 사실을 알게 되네. 이렇게 되면 새로운 상황이 벌어지네. 사실 처음으로 강렬한 사랑을 경험하는 여인이라면 부득이한 경우 헤어지기 위한 수단으로 포악한 성격, 지나친 질투, 상대방을 질리게 하는 말다툼에 대해 생각해 볼 수 있네. 하지만 눈이나 만지며 사는 하찮은 남자와의 성행위를 미친 듯한 열정이라고 보기는 어려우며, 자네는 아름다운 연인을 여성 잡지에 소개된 '바캉스 사랑 만들기'라는 제목의 바보 같은 기사들이나 곧이곧대로 믿는 거리의 여자로 비하하게 된다네.

얼마나 갑작스러운 일인가! 환상에서 깨어나고, 마음에 깊은 상처를 입은 자네는 마침내 결론을 이끌어 내네. 자네는 결별을 원하게 된다네. 그렇게 하게. 하지만 그 전에 주위 사람들의 의견을 물어보게. 자네는 라신의 비극을 겪고 있으며, 그의 작품에 나오는 등장 인물들은 가장 신뢰하는 심복의 도움을 받았네. 자네도 그 기회를 포기해서는 안 되네. 티튀스에게는 폴랭이, 페드라에게는 에논이 있었으며, 비록 이들이 심복의 충고를 거의 귀담아듣지는 않았지만, 적어도 그들에게 마음을 털어놓지 않았는가. 고백이 인생에서와 마찬가지로 문학에서도 하나의 치료법이 된다는 것을 보여주는 예라네. 이 치료법의 효과를 무시하지 말게.

친애하는 오레스테스(고대 그리스의 비극에 나오는 주인공, 엘렉트라의 남동생), 자네가 겪게 될 불행은 자네의 예상을 넘어서는 것이네. 잠시 내가 자네의 필라데스(오레스테스의 친구)가 돼줌세. 필라데스로서 자네에게 충고하겠네. 배신한 연인과 결별하기 전에 달콤한 그녀의 입맞춤, 까무러칠 듯한 애무, 키르케와 같은 마력적인 그녀의 미소를 떠올려 보게. 그녀의 배신으로 그 느낌이 식어 버리고 멀어졌으며, 더 이상 그녀가 관능적으로 느껴지지 않는가? 만약 그렇다면 조금도 망설이지 말고 헤어지게. 그러나 그렇지 않다면 되돌릴 수 없는 일을 벌이기 전에 심사숙고하게. 때를 기다리게. 어쩌면 자네가 용서해야 할지도 모르네. 지금 당장은 이 결별이 그녀로 인한 자네 마음의 고통을 없애기 위해 필요한 정화 의식처럼 보일지도 모르나, 곧 뼈아픈 후회로 바뀔 수 있다는 사실을 염두에 두게.

자네가 너무 성급한 결정을 내릴 때 후회할 위험도 더욱 커진다네. 자네를 배신한 여자가 지금 비난받아 마땅하다면 일주일 뒤나 한 달 뒤에도 여전히 그러할 것이야. 서둘러 벌을 줄 필요가 있을까? 성급하게 결별했을 때마다 매번 나는 그것을 후회했네. 화가 난 상태에서 하는 행동을 조심하게. 친애하는 대자, 연인이 자네의 믿음을 배신했다는 것을 알게 된 후 미칠 듯한 분노에 휩싸여 그 즉시 부정한 연인을 캄캄한 암흑으로 내던지는 것은 사랑이 아니라 자존심, 자네의 상처입은 자만심 때문에 그렇게 행동하는 것일세. 상처입은 자존심은 가장 형편 없는 충고자라네. 그녀에게 경멸하는 태도로 맞서게. 마음에 위안이 되는 멸시의 감정은 자네를 고통으로부터 보호해 주며, 공공 생활에서와 마찬가지로 사생활에서도 가장 효과가 뛰어난 위로가 될 것이네.

자네를 배신함으로써 연인은 자네가 아니라 바로 그녀 자신의 평판을 더럽히게 된다는 점을 명심하게. 플루타르코스는 디오게네스와 관련한 다음의 일화를 인용했네. 누군가가 견유주의자 디오게네스에게 "사람들이 당신을 비웃고 있어요"라고 말하자, 그는 "글쎄, 나는 그렇게 느끼지 않는데"라고 대답했다네. 자네도 그와 같이 하게. 인간이라는 족속의 간교함에 대한 훌륭한 예방책이 될 수 있을 것이네.

결별의 상황에 처하게 될 때, 만일 자네가 예민하고 불안해 하는 성격이라면 자네는 연인의 배신 행위가 그녀에 대한 자네의 믿음을 회복이 불가능할 정도로 깨버렸으며, 이제부터 자네의 의혹과 질투심을 제어할 수 없다는 확신을 가지게 될 수도 있네. 만약 그렇다면 두말할 것 없이 결별하는 게 낫다고 말하겠네. 헤라클레스의 사랑의 기둥은 바로 믿음과 안심이라네. 만약 자네가 집을 비울 때마다 연인이 바캉스를 떠난다거나 친구 집에서 저녁을 보낼 것이라고 말하면 그녀가 거짓말을 하고 있으며, 다른 남자의 팔에 안겨 있는 그녀를 상상해 봐야 할 것이네. 자네의 인생은 곧 지옥으로 변할 것이네. 행복이라는 꽃이 활짝 피었을 때는 자기 도취의 감정으로 인하여 그 행복이 어느 날 시들 수도 있다는 생각을 못하게 막는다는 것을 이미 얘기했었네. 확실히 남자들이 갖는 이러한 전형적인 자만은 항상 연인에 대해 자신만만하게 해주네. 하지만 좋은 점도 있다네. 연인의 변함 없는 사랑을 믿게 하면서 우리의 마음을 아무 걱정할 필요없이 편안하게 만들어 주기 때문이네. 사랑이라는 섬세한 연금술의 주요 재료들 가운데 하나가 바로 무근심이라는 것이네.

그녀는 전화상으로는 여전히 상냥했고,
나는 그녀의 '최고의 연인'이며,
'숙명의 연인' '달콤한 시인' '멋진 대천사'
'절대적인 사랑' '가벼운 과오' '소중한 사랑'
'비밀의 천국'이라는 말들로 채워진 열정적인 편지도
계속해서 보내왔다네.

어떻게 관계를 끝낼 것인가?

전화로 할 경우에는 좋은 트집거리가 있어야 가능하네.

두세 번 정도 잠자리를 같이한 여자를 떼어 버리고 싶을 땐, 자네 쪽에서 심각한 말다툼을 걸어 결별로 이어지게 하는 방법을 쓸 수 있네.

그녀에게 전화하게. 싸움을 걸게(그녀의 변명은 거의 중요하지 않네. 그 어떤 변명도 받아들이지 않겠다는 자네의 완고함만이 중요해), 그녀가 이성을 잃을 정도로 화를 내게 만들게, 그리고 그녀가 더 이상 참지 못하고 마주 화를 내면 격분하며 전화를 그냥 매몰차게 끊어 버리게.

약간의 운이 따라주고, 여자가 거만하며 자네를 진심으로 좋아하는 게 아니라면, 주변에서 더 이상 그녀에 대한 이야기를 들을 수 없을 것이네.

하지만 자네와 사랑으로 맺어진 여자에게 이런 비열한 방법을 쓰게 되는 경우는 그 결과가 분명하지 않을 수 있네. 그 방법은 치사할 뿐만 아니라, 전화로 사소한 말다툼 끝에 나온 자네의 결별 이야기를 그녀가 심각하게 받아들이지 않기 때문에 효과가 없을 수도 있네!

그녀와 직접 대면해서 털어놓는 방법을 선택할 경우, 그녀의 집도 아니고, 자네의 집도 아닌 거리나 술집·공원 같은 제3의 장소에서 이루어져야 하네. 아주 거친 방법이라는 것을 부인하지 않겠네. 아무리 자네가 결별하기로 굳게 결심했어도 연인의 예쁜 얼굴에 경련이 일어나고, 그녀의 입술이 파르르 떨리고, 그녀의 아름다운 눈에 눈물이 가득 고이는 걸 보면 자네 역시 괴로울 것이야. 그녀에게 하는 짓에 부끄러움을 느낄 것이네 (현재 시제로 표현하자니 이상하지만 그렇게 해야 될 것 같네. 아! 친애하는 대자, 프랑스어는 가장 까다롭고 가장 섬세한 연인이라고 할 수 있네). 그리고 자네가 감수성이 예민한 사람이라면 결별의 계획을 포기하게 될 것이네. 그렇게 되면 자네의 말은 또 한번의 일시적인 결별을 선언한 것에 지나지 않으며, 칼로 물 베기가 돼버리는 셈이네. 알렉상드르 뒤마의 소설 《20년 후》의 제6장에 나오는 달타냥과 티크톤 거리 여관 주인의 화해, 내가 쓴 소설 《잃어버린 술에 취해》의 제11장에 나오는 닐과 안 주느비에브의 화해에 대해서 생각해 보게.

이 방법보다는 편지로 결별을 알리라고 권하고 싶다네. 비록 결별의 편지를 보낸다고 해서 직접 설명할 필요가 모두 없어진 것은 아니지만 말이야. 그녀가 편지를 읽자마자 달려와 자네 집 문을 쾅쾅 두드릴 가능성도 아주 높네……

마지막으로 세번째 방법이 있는데, 일명 고양이의 미소라고 부르는 것일세. 아주 천천히 그 모습이 사라지는 vanished quite slowly, 체셔 고양이를 떠올리며 지은 이름이네. 하지만 고양이의 미소는 앨리스가 깜짝 놀란 것처럼 나머지 몸통이 모두 사라져 버린 이후에도 얼마 동안 남아 있네. 앨리스는 이렇게 생각했네. "어머나! 난 웃지 않는 고양이는 종종 봤지만, 고양이도 없는데 미소가 있다니! 내 생전에 이런 괴상한 일은 처음이야!"*

연인에게 헤어지고 싶다는 마음을 내색하지 말게. 그냥 자주 만나지 않도록 하게. 전화도 하지 말고, 예고 없이 그녀를 찾아가는 것도 그만두게. 그녀가 자네의 뜸한 발길에 놀라서 전화를 하면 다정하고 상냥하게 대하게. 그녀가 만나자고 하면? 일단 알았다 하고 약속한 날이 되면 시험이 있다거나 두통이 생겨서, 아니면 부모님 집에서 함께 저녁 식사를 하기로 했다든지 핑계를 대며 약속을 취소하게. 체셔 고양이처럼 조금씩 사라지며 미소를 남기게.

고양이의 미소, 지금까지 한번도 그 방법을 써본 적이 없다는 걸 고백하지. 그렇게 하기에는 나 자신이 너무 신경질적이고 참을성이 없다네. 하지만 그 방법을 당해 본 적은 있네. 마야라는

---

* 루이스 캐럴, 《이상한 나라의 앨리스 *Alice au pays des merveilles*》 중 제6장.

이름의 옛애인이 그런 식으로 나를 떠나갔네. 그녀는 고등사범학교 준비생에 패션 모델이었으며, 가톨릭 전통 고수주의자였네. 자네가 교양 있고 아주 아름다우며 개성적인 여자를 좋아한다면 그녀를 그렇게 상상해도 좋네. 우리는 1년 이상 열정적인 사랑을 나누었네. 그녀가 예수회 수도사인 자신의 고해 신부 말을 듣고 나와의 만남을 줄여 가고, 내 삶에서 조금씩 느낄 수 없을 정도로 사라져 가기 시작할 때까지 말이네. 그렇게 하면서도 그녀는 전화상으로는 여전히 상냥했고, 나는 그녀의 '최고의 연인'이며, '숙명의 연인' '달콤한 시인' '멋진 대천사' '절대적인 사랑' '가벼운 과오' '소중한 사랑' '비밀의 천국'이라는 말들로 채워진 열정적인 편지도 계속해서 보내왔다네.

수업·피정·패션쇼 등 그녀에게는 내 품에 안기지 못하는 정당한 이유가 항상 준비되어 있었네. 그리고 매번 우리가 만남을 약속했을 때마다 그녀는 마지막 순간에 약속을 취소하곤 했네. 우리 사이는 점점 소원해졌지만 나의 수수께끼 같은 연인은 사랑의 맹세들로 만남의 회피를 정당화시켰으며, 그 맹세들은 나의 고통을 달래주었네. 나는 그녀가 원하는 것을 알아차리지 못했네. 그녀는 헤어지기를 원했던 것이야. 아니, 난 몰랐네. 난 사랑에 빠져 있었고, 사랑에 눈이 멀었네.

체셔 고양이는 아주 오래전에 사라졌지만, 내가 자주 키스했던 그 육감적이고 아름다운 입술에 떠오르던 말로 표현할 수 없는 그 미소는 여전히 생생하게 아른거린다네. 내 눈앞에, 내 가슴에……. 그것은 슬프고 부드러웠으며, 다시 말하지만 이해할 수 없는 것이었다네. 지금도 난 그렇게 서로 사랑한 우리가, 한번도 정식으로 결별을 선언하지 않았던 우리가 어떻게 해서 연인 관계를 끝내게 되었는지 모르네.

친애하는 대자, 앞에서 말한 방법이 대단한 기술인 건 사실이지만 추천하고 싶지는 않네. 자신을 아주 많이 자제할 줄 알아야 하기 때문이네. 마야의 스스로를 자제하는 능력은 최고였네. 그녀는 여자이며, 일본인의 기질도 조금 가지고 있기 때문에 앞으로 톱모델이 되든지 카르멜회 수녀가 되든지 그녀가 그 능력을 아주 잘 사용하리라는 것을 확신했었네. 나의 여린 친구, 자네는 단지 남자일 뿐이네. 그러니까 약자란 말일세. 게다가 자네는 마음의 평정을 유지하지 못하네.

따라서 결별의 편지를 보내는 방법을 사용해 보게(부록에 결별 편지의 다양한 예들을 실어 놓았네). 그리고 10년 뒤에 다시 읽어볼 수 있도록 편지를 부치기 전에(단두대의 날이 떨어지듯 편지 봉투가 메마른 소리를 내며 우체통 안으로 떨어질 땐 마음이 괴로울 테니 각오하게) 복사를 해두는 것도 잊지 말게.

나를 배신한 연인은 내 가슴에 잔인한 상처를 남겼지만,
나는 그 상처가 아물기를 바라지는 않네.
그 사랑과 상처는 나의 가장 귀중한 재산이네.
그것들은 무감각과 냉소로부터 나를 지켜주며,
내가 늙어가는 것을 막아주네.

"다 이루었다."(〈요한복음〉, 19:30) 자네는 결별했네. 이제 사랑의 치료법을 찾아내 이 커다란 불행을 창조적인 시련으로 바꾸고, 죽은 자들을 다시 살리는 것은 자네의 몫일세.

우선 연인을 잃었다는 고통에 휩쓸려 정신을 잃지는 말게. 대신 사랑하는 연인을 가졌었다는 기쁨에 열중하게. 날이 모여 달이 되고, 달이 모여 해가 되는 동안 자네와 연인이 함께 나누어 온 사랑, 함께 느꼈던 행복과 기쁨에 대해 생각하게. 만일 결별과 함께 그녀에 대한 감정들이 변했다는 핑계를 대며 자네가 그 사랑을 아무것도 아닌 것으로 치부해 버린다면 자네는 경멸당할 만한 행동을 한 것이 된다네. 죽음이 앗아간 자네의 소중한 친구들, 자네가 읽은 아름다운 책들, 자네가 본 멋진 영화들, 자네가 한 열정적인 여행들, 자네가 마신 훌륭한 술들에 대해서도 얘기하는데, 연인의 배은망덕하고 바보 같은 행동

에 대해 털어놓지 못할 이유가 뭐란 말인가? 자네가 잃어버린 사랑처럼 그것들도 자네의 과거에 속하네. 그렇다고 그것들이 더 이상 느낄 수 없는 것이 되어 버리는 걸까? 그것들은 자네의 꺼져 버린 사랑과 같은 자격으로 자네 인생의 한 자락을 이루고 있지 않은가? 친애하는 대자, 돌이킬 수 없는 죄가 딱 하나 있네. 바로 자신의 과거에 대한 모독죄라네. 절대로 그 죄를 범하지 말게.

한편 자네는 자존심이라는 미덕을 사용할 수 있네. 연인이 자네를 배신했기 때문에 결별을 선언한 것은 잘한 일이며, 굴욕의 고통보다는 결별의 고통을 선택하는 게 옳았다고 자신에게 말하게. 그것이야말로 자네가 스스로에게 납득시켜야 하는 것이네. 그건 절망을 치료하는 특효약이네. 그 이유를 짐작하겠는가? 이러한 상황에서 자존심이란 용기의 정확한 동의어이기 때문일세. 세네카는 우리에게 언젠가 꼭 필요하게 될 유일한 자질은 죽음 앞에서의 당당한 용기라고 적고 있네. 맞는 말이지만 죽음 앞에서만 용기가 필요한 것은 아니네. 삶 앞에서도 용기가 필요하며, 지금이야말로 자네가 그 용기를 기억해야 할 순간이네.

그렇다네. 친애하는 대자, 우리를 매혹시킨 그 정열이 우리를 곧 비탄에 잠기게 하네. 결별이 자네에게 그렇게도 고통스러운 것도 자네의 약한 마음과, 열에 들뜨고 행복했던 사랑의 시간을 기억하기 때문이야. 즉 한 단어로 사욕편정(concupiscence)이라 부르네. 이 단어는 신학적 언어에 속하기 때문에 지금은 더 이상 쓰이지 않네. 유감스러운 일이야. 왜냐하면 그것은 '열렬한 욕망'을 의미하며, 연인에게 몸과 마음을 온통 빼앗겨 버린, 그럼에도 불구하고 그녀에게 작별 인사를 결심하는 한 남자와 멋지게 맞아떨어지는 말이기 때문이네.

복수하지 않고 부정한 여자들을 계속 사랑할 수 있다고 믿는 것은, 아픔 없는 사랑이 존재한다고 생각하는 바보들뿐일세. 무해한 사랑은 없네. 누군가에게 애정을 느낀다는 것은 그에게 의지하고, 그에 대해 걱정하며, 그 사람 때문에 괴로워한다는 것이네. 사랑한다는 것은 위험을 감행하며, 위험을 감수하며, 상처받기 쉬운 존재가 된다는 것이네. 자네를 배반한 아름다운 연인을 만나기 전에는 그 사실을 몰랐다고? 이제 알게 될 것이네.

머리맡에 두고 자주 읽으라고 권하고 싶은 책을 말하라면 부처에 관한 올덴베르크의 책을 추천하겠네. 니체에서 자네까지 부처에게 깨달음의 신세를 진 사람은 많다네. 올베르크의 책에서 자네는 《담마파다》(법구경)에서 핵심적이랄 수 있는 213절의 내용을 읽을 수 있네. "사랑에서 고통이 생기고, 사랑에서 두려움이 생긴다. 사랑에서 벗어난 사람에게는 고통이 없다. 어디서 두려움이 생긴단 말인가?"

부처만이 열정의 해방을 설교하는 건 아니고, 예수와 스토아 철학자들도 같은 말을 하고 있네. 지금 그것에 대해 얘기하는 것은 시기상조이니 나중에 다시 말하겠네. 우리는 사랑의 치료법에 대해서 이야기하던 중이었으니까 마저 계속하세.

만병통치약은 없네. 실연의 상처에는 저마다의 치료법이 있다네.

내 오랜 친구 시오랑은 내가 불행했을 때 침대로 가서 몸을 쭉 펴고 누워, 시트를 머리끝까지 덮고 있으라고 처방해 주었네. 그는 그 방법이 우울한 기분을 치료하는 데는 최고라고 생각했던 것이야.

성 아우구스티누스는 수영할 것을 권했네. 《고백록》의 10장에서 그는 어머니의 죽음을 상기하며 이렇게 적었네. "목욕이 마음의 근심들을 없애 준다는 그리스인들의 말을 들은 적이 있어서 나 역시 마음속의 깊은 비탄을 달래기 위해 목욕을 생각했다."

소르본대학 재학 시절 한 교수가 가련한 그리스어 연구가, 성 아우구스티누스가 balanéion(bath, 목욕)과 ballo(throw out, 버리다)를 혼동했다고 설명했었네. 소르본에서 뭐라고 하든 상관하지 않네. 슬픔을 달랠 수 있다면 근거 없는 어원이라도 환영하네! 나 역시 몽테를랑의 자살 소식을 들은 그날 오후, 슬픔을 가라앉히기 위해 수영장에 갔었네.

오비디우스에서 바이런까지 많은 시인들이 우리에게 술에도 취해 보고, 도피에도 취해 보라고 권하네. 친애하는 대자, 훌륭한 포도주와 긴 여행이 내 우울한 성격에 선사하는 행복한 효과를 종종 경험했기 때문에, 나로서도 이 유익한 액어법[zeugma: 하나의 형용사 또는 동사로 서로 다른 2개 이상의 명사를 수식 또는 지배하는 표현법. 여기서는 '술과 도피에 취하는 것'에 해당]이 괜찮을 것 같다는 생각이 든다네.

어쩌면 바이런의 《사르다나팔로스 왕》에 나오는 아름다운 시구들을 자네가 기억하고 있을지도 모르겠네. 거기에서 바이런은 바쿠스를 신으로 승격시켜 준 포도주를 찬양하고 있네. "하지만 여기, 이 잔 속에 든 것은 그의 불멸의 술, 그는 이 불멸의 술로 먼저 영혼을 축복하고, 인간의 영혼에도 즐거움을 선사하기 위해 우리에게 술을 주었다……."

자네도 학교에서 오비디우스의 《사랑의 치료법》에 나오는 다음 시구들을 번역해 보았을 거라고 생각하네. "우선 멀리 도망가라. 너를 떠나지 못하게 붙잡는 게 무엇이든 도망가라. 오랫동안 여행을 떠나라"

오비디우스! 결별에 관한 사색에서 어떻게 그의 이름을 언급하지 않을 수 있단 말인가? 그러나 그의 생각들 중에는 내가 동의하는 부분도 있지만, 나와는 아주 극도로 상반되는 부분이 있네.

오비디우스는 우리에게 두 명의 연인을 사귀도록 권한다네. 만일의 경우 그 두 명 가운데 한 사람이 배신을 하더라도 남은 이에게서 위안받을 수 있게 말일세. "가장 큰 강들도 물이 여러 갈래로 나누어지면 그 흐름이 약해지는 법이다"라고 그가 비유했네. 그런 식으로 많은 대상들에 감정을 분산시키는 것은 항상 자유분방한 생활의 기본 원칙처럼 여겨져 왔네. 여기서 오비디우스는 오래되고 보편적인, 그리고 생생하게 와닿는 전통의 대변자 역할을 하고 있네(확인하고 싶으면 오마르 카얌을 읽어보게). 내가 아는 한 남자는 3년 전부터 열정적으로 사랑해 온 젊은 애인이 자신을 배신했다는 것을 알게 된 후, 그녀와 헤어지는 것이 그에게는 너무나 끔찍한 고통이었음에도 결별을 결심했네. 그리고는 이내 다시는 한 여자만을 사랑하는 실수를 저지르지 않겠다고 맹세하며 여러 여자를 사귀었네.

돈 후안 같은 사람도 있네. 만난 적도 있네. 하지만 오비디우스의 마음에는 별로 안 들겠지만 나는 사랑을 시작할 준비가 되어 있는 젊은 남자가 그를 본받아서는 안 된다고 생각하네. 그 방법의 효과에 대해서는 나도 부인하지 않겠네. 그렇지만 자네에게 그렇게 하도록 권하기에는 너무나 파괴적인 방법이네.

《사랑의 치료법》이 매력적인 책이기는 하지만, 그 책에 드러나는 오비디우스의 낙관주의는 나를 짜증나게 하네. 그는 이렇게 외쳤네. "새로운 사랑은 언제나 그 전의 사랑을 능가한다(Successoir novo vincitur omins amor)." 얼마나 바보 같은 말인지 모르겠네! 위대한 사랑(아니면 진정한 우정)의 특성은 대신할 수 없다는 데 있네. 나에게는 사랑하는 연인과 소중한 친구들이 있네. 그렇지만 현재 우리가 함께 공유하는 것은 그 어떤 방법으로도 내가 프란체스카나 마리 엘리자베스 같은 이전의 연인들, 그리고 가브리엘 앙리 신부나 기 오캉감(내가 아주 좋아한 두 석학, 정교회파 신부와 성상파괴주의 작가를 일부러 함께 언급했네. 이들은 1988년 9월 2일 금요일, 같은 날 땅속에 묻혔네) 같은 친구들과 나누었던 감정들을 대신하지 못한다네(오비디우스가 사용한 단어를 빌리자면 **이기지** 못한다네). 그 누구도 이제는 유령이 된 그들의 자리를 차지하지 못했으며, 앞으로도 차지하지 못할 것이네. 현재의 내가 경험하는 것도 과거에 내가 겪었던 것 만큼이나 매력적이긴 하지만 그것들은 서로 **다른** 것일세. 오비디우스의 시구는 심리적으로 틀렸으며, 도덕적으로도 비열하네. 자네의 기억에서 그것을 지워 버리게.

"어떻게 결별할 것인가"와 관련한 오비디우스의 충고가 별로 효과를 보지 못하는 것은, 그 충고들이 깊은 사랑을 나누던 여자로부터 배신을 당한 남자에게 주어지는 것이라기보다는 창녀에게 배신당한 바람둥이에게 필요한 말처럼 들리기 때문이네. 그것은 비극의 관점에서 생기는 오류라네. 오비디우스는 나중에 망명 생활 동안 쓰게 되는 시에서 비극이 인생에 차지하는 비중을 표현하게 된다네. 그렇지만 《사랑의 치료법》에 나오는 얘기들은 잠시 눈속임하는 것에 지나지 않네. 비극을 겪고 있는 자신의 독자들에게 그것을 심각하게 인식하도록, 이 위기를 스스로를 이해하고, 정신적 성숙을 위한 도구로 이용하도록 자극하는 대신에, 오비디우스는 그들을 자신들의 경박함과 편협한 자기 중심주의 속으로 더욱 깊이 빠지도록 한다네. "사랑을 쫓아내기 위해서라면 어떤 방법이라도 상관없다"라고 그는 쓰고 있네. 아! 내가 존경하는 오비디우스이지만 이 부분은 수긍하기 힘들다네! 우선 모든 방법이 좋은 것은 아니네. 그리고 자네의 책을 읽는 젊은 독자들의 머릿속에 그런 거짓말을 집어넣는 것은 그들에게 별로 도움이 되지 못하네. 그리고 사랑을 쫓아낸다고 해서 끝나는 문제가 아니라네. 그렇게 하찮은 결말로 끝나는 것이 시인의 펜대 아래서는 우리를 또 그리도 감동시켰단 말인가!

가증스런 방법으로 나를 속였기 때문에 나는 연인을 쫓아 버렸네. 그렇지만 사랑을 쫓아내고 싶은 마음은 조금도 없네. 나를 배신한 연인은 내 가슴에 잔인한 상처를 남겼지만, 나는 그 상처가 아물기를 바라지는 않네. 그 사랑과 상처는 나의 가장 귀중한 재산이네. 그것들은 무감각과 냉소로부터 나를 지켜주며, 내가 늙어가는 것을 막아주네. 그것들이 바로 나의 영감의 원천이라네.

내가 고대 그리스-로마 시대를 좋아하는 것은 틀림없는 사실이네! 하지만 현재 우리가 다루고 있는 것과 같은 섬세한 문제에 봉착하면 이스라엘의 예언자들과 복음서의 생생한 열정이 보여주는 그 생각의 깊이에 놀란다네. De profundis clamavi ad te, Domine(여호와여 내가 깊은 데서 주께 부르짖었나이다)…….

경박한 것은 오비디우스뿐이 아니라네. 플루타르코스, 그 신중한 플루타르코스조차 《아폴로니우스를 위로하며》에서 플라톤을 칭찬한다네. 플라톤은 자신의 저서 《공화국》 제10권에서 우리에게 "그러한 불행을 겪게 될 때 냉정할 것을 권고한다"(원문 그대로)고 쓰고 있네. 플라톤주의자 플루타르코스에 따르면 눈물·절망은 남자답지 못한 연약한 점이네. 그는 이렇게 말했네. "깊은 비탄에 빠지는 것은 연약한 사람이나 하는 행동이다. 사실 남자보다는 여자가, 그리스인들보다는 다른 문명에 속하는 이방인들이, 유능한 사람보다는 쓸모없는 사람이 고통에 쉽게 빠진다. 비탄은 앞으로의 결심에 방해만 될 뿐이다."

나는 플라톤을 좋아한 적이 한번도 없네. 그리고 그의 이런 생각들은 나의 반감을 더욱 깊게 한다네. 자신을 남자답다고 믿는 머리, 거만하게 쳐든 턱, 무감각을 가장하는 태도는 나에게 혐오감을 일으킨다네. 하지만 어쩌겠나, 그런 위선 속에서 우리가 키워진 것을. "남자는 울지 않는다!" 어린 시절에 바보 같은 이 말을 한번쯤 안 들어 본 사람이 우리들 가운데 과연 몇 명이나 될까?

플라톤은 울지 않는다고? 플라톤은 냉담하다고? 맘대로 생각하라고 하게. 친애하는 대자, 자네는 그 거짓된 지혜와 장작 같은 무감각에 감동받지 말게. 울고 싶으면 울게. 눈물을 부끄러워하지 말게. 자네 안에 있던 가장 훌륭한 어떤 것이 눈물로 분출되는 것일세. 눈물은 자네의 가슴속에 채워진 물이며, 세례의 물처럼 자네를 빛나게 하고, 다시 태어나게 하는 물이라네.

플라톤의 《공화국》은 자네의 서재에 꽂혀 있지 않아도 애석해할 필요가 없는 책일세. 그 대신 내가 존경하는 세네카의 전 작품들을 구비하도록 권하고 싶네. 그 책들에서 자네는 플라톤주의자들이 충고하는 허황되고 비현실적인 차분함과는 전혀 다른, 섬세하면서도 모순점이 많은 생각을 발견하게 될 것이네. 그 생각들은 때로는 아주 감동적이기도 해서 르네상스 시대의 이탈리아인들은 그 속에서 기독교의 영향을 발견해 내곤 했다네. 성 바오로와 네로의 스승을 이어 준 우정은 단지 전설일 뿐이지만, 사실로 인정받을 만한 것이네.

세네카의 저서 《헬비아를 위로하며》(17:1)를 읽으면서 어떻게 친구 나사로의 죽음에 눈물을 흘리는 예수의 모습을 떠올리지 않을 수 있겠는가. 세네카는 이렇게 말하고 있네. "어떤 감정도 우리 마음대로 지배할 수 없으며, 가장 격렬한 감정들은 고통에서 비롯된다. 그 감정들은 사나우며 치료약을 완강하게 거부한다. 우리는 때때로 그것들을 억누르려 애쓰고, 우리의 신음을 삼키려 노력한다. 그러나 우리의 얼굴을 가려주는 가면 밖으로도 눈물은 걷잡을 수 없이 쏟아진다."

어떤가, 충격적인 이야기 아닌가? 얼마나 멋진 글인가! 얼마나 날카로운 지적인가! 그리고 흔히 자신들을 금욕주의로 꾸며내는 사람들의 그 틀에 박히고 과장된 모습과는 얼마나 다른 이야기인가! 분명 세네카의 생각은 그런 점에서 플라톤류의 현자라 칭하는 자들의 침착하고 냉정한 태도보다는 복음서와 산상수훈에 나오는 예수의 복언(福言) 정신에 훨씬 더 가깝네. 라로슈푸코에서 셰스토프에 이르기까지, 현대인들은 자주 그 무신앙 현자의 비인간적인 과장을 비웃었다네.

친애하는 대자, 플라톤의 주장은 잊어버리고 예수는 나사로의 시신 앞에서 흘린 눈물을 부끄러워하지 않았다는 점을 기억하게. 그렇다네. 예수는 나사로를 위해 눈물을 흘렸네. 그러나 그는 자신이 그를 부활시키리라는 것을 알고 있었네. 이 얘기가 자네에게 본보기가 되기를 바라네. 무덤 없는 부활은 없다네. 언젠가 자네를 배신한 연인을 책을 통해 불멸화하더라도(자네가 그녀를 용서하기 바라네), 결별하게 될 때 그로 인한 고통의 눈물을 흘리지 않아도 된다는 얘기는 아니네.

카리아의 아르테미시아 왕비처럼 하게. 키케로는 《투스쿨란》(3:31)에서 그녀에 대해 얘기하고 있네. 왕비는 아우솔로스 왕이 죽자 그를 위해 할리카르나소스에 웅장한 무덤을 세우게 했고, 남은 여생을 애도 속에 보내다가 결국 마음의 고통을 이기지 못하고 죽었다네.

죽지는 말게, 살아서 자네도 사랑과 고통(amori et dolori sacrum)에 바치는 건물을 세우게.

사랑의 고통을 되도록 빨리 떨쳐 버릴 것을 지지하는 사람들을 내가 비난하는 이유는 비애를 무시하고, 소중한 사람의 죽음이라는 값진 경험을 우리에게서 빼앗아 가며, 우리로 하여금 스스로를 돌아보게 하는 위기의 경험을 앗아가기 때문일세.

스토아철학자 클레앙트는 위로하는 사람의 의무는 우리가 고통이라 믿는 것이 그 하나뿐이 아니라는 것을 설명하는 것에 그친다고 가르치네. 현명함은 고통을 꿋꿋하게 참아내는 게 아니라 쓰레기 속에서 꽃을 피우는 정원사처럼 그것을 기쁨으로 변하게 하는 것이네. 바이런의 훌륭한 작품들도 결혼의 파경과 영국 사회에서 추방당했던 경험에서 태어났으며, 도스토예프스키의 대작들 역시 감옥 생활의 경험을 바탕으로 나왔네.

무기력과 유흥에 빠지지 말게. 일을 하게. 공책과 연필을 사게. 적어 내려가게. 이슬람교도의 전통에서는 착한 행동을 기록하는 천사와 나쁜 행동을 기록하는 천사가 따로 있는 것 같네. 자네 자신의 삶·사랑·성공·실패에 관해 자네가 직접 써내려갈 때, 자네는 동시에 이들 두 천사가 되는 셈이야. 평소에는 일기를 쓰지 않는다고 해도 자네의 삶에서 괴로운 일들이 나타날 때 그것을 일기에 쓰라고 권하는 이유도 거기에 있네.

우리의 죽어 버린 사랑이 가장 아름다운 작품의 영감이 된다고는 주장하지 않겠네(사랑의 절정을 맛본 연인들에 의해 씌어진 수많은 시들과 일기들이 그 반박의 증거가 된다네). 그러나 한발 뒤로 물러서는 것이 어떤 존재나 경치·사태를 더 잘 살펴보는 데 도움이 된다는 사실은 부인할 수 없네. 때로는 너무 가까이 가는 것이 도움이 되기보다는 오히려 불리할 수 있네. 내가 결혼 생활에서 영감을 얻어 소설을 쓰기 시작한 것은 한 변호사 친구에게 이혼 수속을 밟으라고 한 뒤 몇 주가 지나서였네.

아 그래! 한 가지 잊을 뻔했군. 별것 아니지만 망각에의 거부와 고통의 수용 등, 내가 자네에게 말한 모든 것은 자네가 그 품속에서 최상의 쾌락을 맛본 젊은 여인의 경우에만 해당된다는 것이네. 반면 자네가 원하지만 자네의 침대 속으로 들어오기는 싫어하는 목석 같은 여자는 자네의 삶에서 당장 몰아내고, 기억 속에서 지워 버리게. 그런 여자에게는 절대 미련을 갖지 말게. 소심한 애인의 역할은 마음 약하고 어수룩한 남자들에게 넘겨 버리란 말일세. 그런 것에 자네의 시간을 허비하라고 말하기에는 인생이 너무 짧네. 상호간에 사랑의 감정이 있어야만 상대의 오만함도 다스릴 수 있는 것이야. 자네를 미치도록 사랑했고, 아주 행복하게 만들어 주었지만, 어떤 이유로 자네에게서 멀어지는 여자를 나쁘게 생각하지 말게. 그리고 몇 년이 지난 후 결별의 고통이 수그러들면 그전 애인과 친구가 되라고 충고하고 싶네. 반대로 자네가 매우 갈망하는 여자지만, 자네와 같은 욕망을 느끼지 못하는 그 여인이 자네를 밀어낸다면 그 사랑은 실패한 것이네. 그 여인은 자네와 절대 연인이 되지 못한다는 것을 깨닫는 순간부터 자네는 애정어린 고백을 냉혹한 경멸로 바꾸고, 그 바보 같은 여자를 마음속에서 몰아내야 하네. 만약 그녀가 '친구'가 되자고 제안하면 코웃음치고, 그녀의 얼굴과 이름까지도 잊어야 하네. 사정없이 냉혹해지게.

결혼이란 어쨌든 사랑에 따르는 위험에 대비해 가입하는
보험이 아니라는 것을 이제는 이해했기를 바라네.
자네가 연인이든 남편이든 위험에 노출되어 있다는 건
마찬가지네. 이 비너스의 병에는
영국식 콘돔도 소용이 없다네.

연인들 사이에서 결별이란 항상 심각한 결말만을 의미하지
는 않으며, 사소한 언쟁과 화해로 끝나는 경우가 종종 있네. 그
러나 부부 사이의 경우, 헤어진 부인들과 쉽게 재혼하는 할리우
드 배우들을 제외하고는 한번 관계가 깨어진 후의 재결합은 거
의 보기 드물다네.

그것이 모든 종류의 결별 가운데 이혼이 특별한 경우로 취급
되는 이유들 중 하나라네(다른 이유들도 많다네). 우리도 여기
서 잠시 이혼에 대해 짚고 넘어가세.

오늘날의 젊은 여성들이 자유로운 동거의 매력에도 불구하
고 여전히 결혼을 원하는 것은 그 옳고 그름을 떠나서 결혼을
통해 사랑의 유대가 더욱 돈독해지고 지속적인 관계가 보장된
다고 생각하기 때문이네. 현재의 행복한 순간들에 만족하며
그날그날을 살아가는 애인들의 생각과는 반대로, 여자들은 미

래의 계획까지 세울 수 있을 때에 비로소 완전한 행복을 누리게 되는 것이네.

주변에서 보는 남녀간의 사랑을 관찰하면서 그녀들은 과연 무엇을 깨달을까? 많은 여자와 관계를 갖는 남자들, 칫솔보다도 더 자주 애인을 갈아치우는 여자들, 쉽게 만나고 쉽게 헤어지는 연인들. 주위에 만연한 남녀간의 이렇듯 불안정한 관계를 목격하는 여성(지금은 연인을 끔찍이 사랑하지만)에게 그들의 관계 역시 급변할 수 있다는 두려움과, 연인과 나누었던 모든 것이 일시적인 행복에 지나지 않으며, 그녀 역시 그 사랑을 한순간 즐기고 지나는 것으로 받아들여야 한다는 생각이 어떻게 들지 않을 수 있겠는가?

바로 이러한 이유로 결혼이 계속해서 젊은 여성들로부터 신뢰를 받고 있는 것이네. 다시 말해 사랑하는 남자의 손에 반지를 끼우거나 목에 끈을 묶는 것이(결국 같은 의미라네) 그녀들에게는 사랑의 영속성에 대한 증거로 여겨지기 때문이라네. 글로 씌어지거나 남자가 연인의 귀에 속삭이는 뜨거운 사랑의 말들은 거의 아무런 가치가 없다네. 연인이 4시간 후에 자신이 아닌 다른 여자의 귀에 같은 사랑의 말을 속삭이러 가지 않는다는 보장이 없기 때문이지. 여자는 말만 번지르르하게 하는 남자의 맹세에 대해 잘 알고 있다네. 우리 지방에서는 두 번에 걸쳐 결혼 서약을 하는 것이 일반적이지는 않지만, 성당에서의 서약으로 그 의미가 더욱 확고하게 되는 시장 앞에서의 법적인 결혼의 서약은 남자가 결혼에 대한 책임을 사실상 지게 만드네.

결혼은 공상일까, 아니면 현실일까?

우리가 변호사들의 사무실에 산더미처럼 쌓여 있는 이혼 서류를 생각한다면 결혼은 공상이네. 우리 사회와 같이 세속화된 사회에서는 이혼이 더 이상 이례적 사건이 될 수 없으며 일상적인 일이네. 오늘날에는 모든 사람들이 결혼을 하지는 않네. 하지만 거의 모든 사람들이 일생에 적어도 한번은 이혼을 하네.

  사랑과 관련한 의무의 단계에서 남편이 애인보다 몇 단계 높은 곳에 위치한다는 사실을 인정한다면, 애인이 그 의무를 거절한다고 해서 심각한 일이 일어나는 건 아니네. 연인의 집에 살던 자네가 어느 날 결별을 결심했다고 하네. 자네는 자네의 물건들을 챙긴 다음 마지막 인사를 하네. "잘 있어, 철부지 아가씨!" 그러면 모든 게 끝이야. 반대로 결혼한 자네가 집을 떠나 이혼 절차를 밟는다고 생각해 보세. 그때부터 모든 것은 시작이네. 모든 사람이 자네의 이혼에 개입하게 된다네. 법원·은행, 그리고 자네가 기독교인이라면 교회까지 말일세.

  젊은 남자일 경우, 비록 그가 쇼펜하우어를 읽지 않았다 해도 결혼이란 자연과 사회가 파놓은 함정이라고 어렴풋이 느끼게 된다네. 그래서 과감히 결정을 못 내리는 것이야. 여자 친구는 주저하는 그에게 결혼은 단지 '의례적인 것에 불과' 하며, '아무것도 변하는 건 없다' 며 설득하려고 애쓴다네. 친애하는 대자, 그건 거짓말일세! 결혼은 '단순히 형식적인 것' 이 아니라 민법과 동시에 교회법의 적용을 받는 두려운 제도라네. 그것은 지금까지 연인의 관계였던 두 사람에게 한 남자와 한 여자 사이에 그들의 첫 아기가 태어났을 때에 일어나는 것만큼이나 중요한 **변화**를 가져다 주는 결정적인 행위이네.

내가 이 얘기를 한다고 해서 자네에게 결혼의 함정에 빠지지 말라고 만류하는 것은 아닐세. 결혼의 나락으로 떨어진 암피아라오스(그리스 신화에 나오는 예언자이자 장군. 그의 아내는 뇌물에 매수되어 그를 전쟁터로 보내 죽게 만든다)처럼 말이야. 병원이나 군대 생활처럼 결혼은 위험에 대한 도전을 즐기는 자유로운 남자가 한번쯤 시도해 보고 싶은 감옥 같은 경험이라네. 결혼 전의 오랜 망설임, 결혼, 그리고 이혼은 내게 한 권의 소설, 두 권의 일기, 시, 여러 편의 수필들을 쓰도록 영감을 주었기 때문에(매번 내가 레이디 바이런의 이름을 언급할 때마다 읽어봐야 하는 부분은 수필 《바이런의 식이요법》에서 〈타티아나〉 부분이네), 나는 결혼이라는 왕관이 내게 많은 것을 얻게 해준 모험이었다는 것을 부인할 자격이 없네.

나는 단지 자네가 무엇을 서약하게 되는지를 의식하고, 결혼식날 사제가 자네의 머리에 씌워 줄 관은 왕의 그것과 같은 화려한 것이지만 또한 수난의 관이기도 하다는 것, 값진 보석들로 화려하게 장식된 그 관은 온통 가시들로 둘러싸여 있으며, 그 가시들이 자네의 살에 조금씩 파고들어 언젠가는 피를 흘리게 할 것이라는 사실을 깨닫기를 바랄 뿐이네.

비잔틴 전통에서는 실제로 결혼의 관이라는 것을 씌워 준다네. 하지만 나에게는 결혼의 관이란 것이(내 기억이 맞다면 이런 것을 환유법이라고 부르네) 결혼의 모든 의무를 함축하는 상징이라고 보네. 비록 그것이 시청에서만 이루어진 법적 결혼일 뿐이라 해도 말일세. 교회에서 결혼식을 올리지 않고 결혼 생활의 가시밭을 피할 수 있다면 얼마나 편리하겠는가! 반교권주의는 그것에 동조하는 사람들에게 도움을 줄지도 모르지만, 결혼의 경우는 그렇지 않다네.

친애하는 대자, 결혼이란 어쨌든 사랑에 따르는 위험에 대비해 가입하는 보험이 아니라는 것을 이제는 이해했기를 바라네. 자네가 연인이든 남편이든 위험에 노출되어 있다는 건 마찬가지네. 이 비너스의 병(물론 여기서는 마음의 병을 뜻하네)에는 영국식 콘돔도 소용이 없다네.

비너스의 병을 신성한 것으로 받아들이든, 단순한 계약 같은 것으로 받아들이든 결혼의 인연은(고골리는 《결혼》이라는 제목의 흥미진진한 희곡을 한 편 썼는데, 거기에 나오는 주인공 포드콜리오신은 막 결혼식이 거행되려는 찰나에 창문으로 뛰어내려 도망간다네) 어떤 사랑의 아픔으로부터도 자네를 보호해 주지 못한다네. 더 나쁜 건, 그 결혼의 환상이 하룻밤의 아름다운 꿈처럼 새벽을 알리는 수탉의 울음소리와 함께 사라진 뒤에도, 자네는 민법상의 구속력과 경우에 따라서는 종교적인 영향력의 사슬로 결박당한 채 있다는 것이네.

그렇게 확고부동하기 때문에 아내와 이혼하는 것은 연인과 헤어지는 것보다 더 시간이 걸린다네. 그럼 그것은 좋은 것일까, 아니면 나쁜 것일까? 분명 둘 다라네. 법조인들에게 넘겨진 사랑의 이야기에는 어떤 비열함 같은 것이 관련된다는 점에서 나쁘다고 볼 수 있네. 자네의 사랑 문제에 변호사 · 집달관 · 판사의 뜻하지 않은 출현은 자네의 관심을 다른 곳으로 돌리게 하며, 그것이 자네의 고통을 달래준다는 점에서는 좋다고 할 수 있네.

자네가 연인의 곁을 떠나든가, 연인이 자네를 떠나는 것은 연인이 교통사고로 죽는 것과 같네. 갑자기 자네 곁에는 더 이상 아무도 없으며, 자네는 영원히 그럴 것임을 알게 될 것이네.

영원히라구요! 아! 님이시여, 생각해 보셨나요?
이 잔인한 말이 사랑하는 이에게 얼마나 끔찍한 것인지요?
한 달 후에, 1년 후에 어떻게 견뎌 나갈까요?
님이시여, 얼마나 많은 바다가 당신에게서 나를 떼어 놓는지요?
영원히 티투스는 베레니스를 볼 수 없고
영원히 나는 티투스를 볼 수 없는데
어떻게 날은 또 밝아오며 다시 지는 걸까요?

사랑의 괴로움에 빠진 우리는 모두 라신의 비극 작품에 등장하는 인물들일세. 친애하는 대자, 결별할 때 자네가 받아들여야 하는 가장 큰 아픔은 바로 자네의 인생에서 가장 소중한 순간들을 함께 나누었던 존재가 갑작스럽게 없어진다는 사실이네. 내가 아는 엘렌이라는 한 여성은 연인으로부터 결별을 당했는데, 사랑으로 충만했던 그들의 사이가 그렇듯 갑작스럽게 아무것도 아닌 것으로 되어 버리자 그녀는 그것을 견디지 못했으며 거의 이성을 잃어버렸네. 그녀는 전화로 전애인을 괴롭히기 시작했고, 거리에서 그의 뒤를 따라다니고 그의 집 층계참에서 잠자기 시작했다네. 마지막엔 문을 열어 주지 않으면 계단의 난간 사이로(그는 7층에 살고 있었네) 뛰어내리겠다고 그를 협박

하기까지 했네. 자신 때문에 자살한다는 사실에 조금 걱정이 된 그는 경찰에 도움을 요청해야 했다네. 그가 본 젊은 여성의 마지막 모습은 자신과 경이로운 사랑을 나누었던, 예전의 그렇게 우아하고 품위 있던 모습이 아니라 두 명의 경찰에 붙들려 나가는, 난파선의 잔해같이 더럽고 사나우며 알아보기 힘든 모습이었네.

그들이 결혼을 했었다면 엘렌은 그렇게까지 미치지는 않았을 것이네. 그녀는 전애인을 괴롭힐 필요도 없었을 것이야. 왜냐하면 그가 이혼을 결심한 날로부터 몇 달 뒤 법정이 결혼의 파기를 선고할 때까지 결별과 관련한 세부 사항을 해결하기 위해 그녀가 그를 만나야 할 기회(때로는 변호사와, 때로는 판사실에서)가 많았을 것이기 때문이네. 이혼하는 과정에서 나타나는 비열함이 엘렌의 절망을 줄여 주고, 포도주에 물을 타는 것처럼 그녀의 고통에 씁쓸함을 섞으며 그것을 약화시켜 주었을 것이네. 그것이 덜 독하고 어쩌면 덜 고통스러웠을지도 모른다네.

'어쩌면'이라고 말한 건, 그 경우에 대해서는 나도 전혀 모르기 때문일세. 고통을 측정해 주는 리히터 지진계 같은 것은 없네. 저마다의 고통은 유일하고 소중하며 신비한 것이라네.

친애하는 대자, 나는 자네를 통해 다른 젊은이들에게 이야기하고 있네. 친근한 이 말 뒤에는 세례를 받지 않은 남성 독자들(그리고 여성 독자들까지)도 포함이 된다네. 그러나 실제로도 나에게는 여러 대자·대녀들이 있으며, 다음에 하는 얘기는 좀더 특별히 그들에게 하는 이야기라네.

우리는 기독교인들이네. 그리고 아주 특별한 신의 섭리에 따라 우리는 정교회 신자들이네. 따라서 우리는 자유로운 존재들이야. "소중한 당신의 피로써 당신은 우리를 율법의 저주로부터 해방시켰습니다." 사순절 기간 동안 매주 수요일 우리는 그리스도에게 이렇게 노래한다네.

동방 정교회는 그의 자녀들을 율법의 저주로부터 보호할 뿐만 아니라, 어떤 상황에서는 결혼 관계에서도 그렇다네. 로마 가톨릭 교회가 파기할 수 없다고 생각하는 결혼을 정교회는 어째서 그 파기를 허용하는 것일까?

그것에 대해 생세르주 연구소의 교리신학자들이 사용하는 말이 아닌, 나만의 단어들(그건 작가의 특권, licentia poetarum이라네)을 가지고 짤막하게 설명해 보겠네.

복음서는 마땅히 따라야 할 법규가 아니네, 혼인 성사도 마법의 행위가 아니며, 결혼 반지 역시 행복만 가져다 주는 마법의 물건이 아니라네. 결혼 생활에서도 그외의 생활에서와 마찬가지로 사랑은 은총이라네. 단지 추잡한 법정 용어나 근시안적 사고만이 부부의 사랑을 자유로운 사랑과 대립되는 것으로 주장하네. **사랑은 항상 자유로운 것이네.** 그렇지 않다면 그것은 사랑이 아니네.

성사(聖事)란 무엇인가? 그것은 예수 그리스도의 존재를 나타내 보이는 표시라네. 그것은 교회의 모든 성사들 가운데 특히 혼인의 경우 더욱 뚜렷이 나타난다네. 왜냐하면 그리스도와 사랑은 같은 의미이며, 혼인 성사는 사랑의 성사라 불려지기 때문이라네.

두 사람을 이어 주는 사랑이 바로 그들 사이에 예수 그리스도가 존재함을 증명하는 것이네. 또한 부부가 이 사랑을 계속 이어가지 못하고 그들 사이가 불신과 혐오가 대면하고 있는 닫힌 문에 지나지 않을 때, 그 두 사람을 이어 준 결혼이 아직도 유효하다고 강조하는 것은 거의 신성을 모독하는 것이나 마찬가지라네. 더 이상 사랑이 없는 그곳에는 그리스도도 있을 수가 없다네.

그런데 가톨릭 교회의 입장은 결혼의 파기를 정식으로 선언하기보다는 혼인 성사의 물질성 자체가 사라져 버렸고, 뜨거운 태양에 노출되어 얼음덩이가 녹아 버리듯 혼인 성사가 존재론적으로 파기되었다는 것을 슬픈 마음으로 확인하는 것이라네.

그 점에 관해서 내 책을 읽는 가톨릭 독자들의 반박이 예상되는데, 그렇게 되기를 내심 바라고 있네. 그러나 나는 로마가톨릭에서는 교회의 법령들을 법으로 여긴다는 별로 유쾌하지 않은 인상을 가끔 받는다네! 그리스도와 율법, 이 두 가지만이 중요하다네. 정교회에서는 성스러운 법령집을 의사의 처방 같은 것으로 이해하는 것이 훨씬 유익하다고 믿고 있는데 말일세. 그 목적은 죄를 지은 자에게 벌을 주는 것이 아니라 그를 치유시키는 데 있다네.

확실히 용서는 고귀한 미덕이네.
그렇지만 치정에 얽힌 범죄에는 그 특유의
아름다움이 있으며, 그것은 다른 어떤 형태의
결별에서도 찾아볼 수 없는 것이네.

배신한 애인을 버리거나, 부정한 아내와 이혼하는 것도 좋은 방법이지만 훨씬 단호한 해결책이 있네.

친애하는 대자, 아름다운 데스데모나의 목을 조르는 오셀로의 손을 생각해 보게.

데스데모나	사랑하는 님이여, 절 내쫓으세요. 하지만 죽이지는 말아 주세요!
오셀로	죽어, 창녀 같으니라구!
데스데모나	내일 날 죽여 주세요. 오늘 밤만은 살려 주세요!
오셀로	정 당신이 반항하면…….
데스데모나	30분만이라도…….
오셀로	이렇게 된 이상엔 기다릴 수 없어.
데스데모	기도할 시간만이라도 주세요!
오셀로	이미 늦었어.

《삼총사》에서 아토스가 달타냥에게 하는 고백을 생각해 보게.

"백작은 권세가 당당한 영주였기 때문에 자신의 영내에서는 어떤 일이든 자신의 뜻대로 할 수 있었네. 결국 그는 백작부인의 옷을 찢고 손을 등 뒤로 묶은 뒤 나무에 목을 매달았다네."

— 그럴 수가, 아토스! 그건 살인이 아닌가! 달타냥이 외쳤다.

— 맞아, 자네 말대로 살인이지. 그런데 술이 부족한 것 같군. 죽은 사람처럼 창백해진 아토스가 말했다.

오셀로가 데스데모나의 목을 졸라 죽인 것은 잘못이었네. 그녀는 결백했으니까 말이야. 그러나 아토스가 거짓말쟁이 부인을 죽인 것은 옳았다네. 자네도 알겠지만, 백작부인은 그때 당시 죽지 않았으며, 몇 년 뒤에 더욱 추악하게 밀라디라는 이름을 가지고 다시 나타나네.

셰익스피어의 오셀로(개인적으로 마르셀 카르네의 영화 《천국의 아이들》에서 피에르 브라쇠르가 연기한 영화 속 비극 배우 프레데릭 르메트르의 오셀로의 모습과 태도가 가장 기억에 남네)와 알렉상드르 뒤마의 소설에 나오는 아토스가 나의 애정 교육에 결정적인 영향을 미쳤다네. 도스토예프스키의 소설 《악령》에 나오는 스타브로킨 백작이라는 인물과 함께 아토스와의 만남은 내게 특히 진정한 산파술(maïeutique: 소크라테스의 대화 방법)을, 아토스는 나 자신의 참모습을 깨닫게 해주었네.

자크 샹셀이 나를 '결별 전문가'로 묘사했던 것도, 내가 사랑했던 젊은 여성들과의 관계를 끊으며(모두 다 그렇다고는 할 수 없네. 왜냐하면 일부 여자들은 내게 결별을 선언할 시간도 주지 않고 그녀들이 먼저 관계를 끊었기 때문일세) 세월을 보내게 된 것도, 내 나이 열두 살 때(알렉상드르 뒤마의 작품을 처음으로 읽게 된 나이였네) 새 밀랍과도 같은 순수한 내 영혼 위에 사랑하는 여인을 죽이는, 사랑에 사형 선고를 내리는 끔찍하고도 매혹적인 모습을 아토스가 각인시켰기 때문이라고 확신하네.

그 당시 내가 바이런을 읽지 않았다고 밝힐 필요가 있을까? 나는 알렉상드르 뒤마가 바이런의 열렬한 찬미자들 가운데 한 사람이었으며, 아토스와 몽테크리스토 백작이 바이런식 영웅이었다는 것을 몰랐네. 4년 뒤 《해적》《라라》《맨프렛》을 읽으며 비로소 내 심장을 뒤흔들었던 분개와 욕망의 감정들, 라페르 백작과 에드몽 당테스 같은 주인공들을 통해 친숙해졌던 주제들, 특히 **살해된 사랑**(murderd love)을 "어떻게 끝낼 것인가?"에 대한 고뇌를 그 책들에서 알아보았네.

"오, 마리암네여! 그대는 나 때문에 피를 흘렸는데, 이제는 내 마음이 그대 때문에 피를 흘리고 있다……. 나의 살해된 애인이여…! 나는 죄인이고, 나는 지옥이다. 내 가슴은 영원한 비탄에 잠긴다. 끊임없이 나를 파먹는 이 고통을 달게 받으리라." (《히브리 곡조》)

친애하는 대자, 이러한 내 생각을 자네에게 강요하지 않겠네. 그리고 연인이나 아내가 자네를 배신했다는 사실을 알게 되는 즉시 그들을 **저승으로**(ad patres) 돌려보내라는 말도 아닐세. 우리는 더 이상 복수가 허용되지 않는 시대에 살고 있으며, 우리 인생의 10년을 감옥에서 보낼 만큼 가치 있는 여자도 없다네.

사랑의 배신자를 처단할, 유일하게 합법적인 방법은 흡혈귀, 즉 작가가 되는 것이라네. 자네는 그녀의 피를 마시고, 그녀의 뇌와 심장을 먹어치우며, 그 이야기들로 한 페이지 한 페이지 채워 나가며 책을 만드는 것이네. 그것은 그녀와의 만남에 대한 영원한 기념인 동시에 그녀의 무덤이 될 것일세.

결국 아토스는 밀라디에게 두 번의 사형 선고를 내리게 되며(두번째는 확실할 것이네), 반면 이프 성에서 탈출하여 무자비한 복수를 위해 몽테크리스토 백작의 가면을 쓰고 속세로 돌아온 에드몽 당테스는 믿음을 저버리고 배신한 약혼녀 메르세데스를 죽이지 않네. 죽이지 않을 뿐만 아니라, 어떤 의미에선 그녀를 용서한다네.

확실히 용서는 고귀한 미덕이네. 그렇지만 치정에 얽힌 범죄에는 그 특유의 아름다움이 있으며, 그것은 다른 어떤 형태의 결별에서도 찾아볼 수 없는 것이네. 《카르멘》에서 돈 호세의 마지막 고백을 생각해 보게. "내가 그녀를 죽인 거야. 나의 카르멘을, 내 사랑하는 카르멘을!" 그리고 역시 바이런의 열렬한 독자이며 **살해된 사랑**의 추종자인 니체도 가장 아름다운 사랑의 외침을 거기에서 찾고자 했다네.

좋은 기억과 나쁜 기억의 차이는 거의 없다네.
언젠가는 모두 삼켜지네. 우리는 이 땅에
잠시 머물렀다 가는 여행객에 지나지 않으며,
즐거움도 고통도 우리의 수수한 짐보따리에 담겨지네.

생트뵈브는 자신의 저서 《제정 시대의 샤토브리앙과 그의 문학 모임》에서 세느돌레가 쓴 다음의 감동적이고 오묘한 문장을 인용하고 있네. 그것은 세느돌레가 그렇게도 남편이 되기를 바랐었지만 연인도 되지 못했던 사랑하는 뤼실의 죽음을 겪은 뒤에 쓴 것이었네. "진정한 고통은 매우 오랫동안 지속된다는 것을 아는 사람은 거의 없다."

이것은 프랑스어로 씌어진 가장 우울한 문장들 중 하나이며, 가장 적절하게 표현된 문장들 가운데 하나이기도 하네. 글로 남겨진 것은 닳을 염려가 없으니까 반복해서 읽고, 깊이 생각해 보게.

자네의 일생 동안 유용하게 쓰일 황금률을 한 가지 말해 주겠네. 새로운 사랑을 놀랍도록 빠르게 받아들이는 능력과 지나간 사랑은 미련없이 잊어버리는 자신의 성격에 만족하며, 머뭇거리는 목소리로 함께한 과거에 대해 언급하는 자네에게 "다

지난 일이야!" 하며 조롱하는 전애인에게는 라캉 박사의 책을 읽어보라고 권할 가치조차도 없다는 것일세. 왜냐하면 그네들은 경박하고 저속한 영혼을 가진데다가, 지구상에서 가장 혐오스러운 족속이기 때문이야.

함께 나눈 사랑을 부인하고, 그 사랑을 별것 아닌 양 치부해 버리는 것은 얼마나 불경스런 일인가! 자신의 과거를 지워 버린다는 것도 얼마나 어리석은 일인가! 사실 과거는 우리의 가장 값진 재산이며, 곰곰이 생각해 보면 결코 돌이킬 수 없는 유일한 것이기도 하네. 미래는 아직 존재하지 않으며(신화에 나오는 운명의 세 여신 파르카가 도와 준다면 영원히 오지 않을 수도 있네), 현재는 매순간마다 과거로 변하네. 분명한 건 우리의 과거가 현재의 우리를 이루며 과거로 인해 우리의 사랑, 우리의 시련, 우리의 고난, 우리의 삶 전체가 긴밀해진다는 것일세. '나의 과거'를 얘기한다는 것은 '나의 인생'을 얘기한다는 것이네. 과거는 지나온 모든 것을 요약해 주며, 미련 없이 과거를 잊어버릴 것을 신봉하는 여자들에게는 실례가 되겠지만 돌이킬 수 없는 방식으로 요약한다네.

친애하는 대자, 가스실과 시체소각로를 이용해 범죄의 흔적을 완전히 지워 버릴 수 있다고 믿었던 나치의 망상을 생각해 보게. 블라디미르 장켈레비치, 소르본대학 재학 시절 나는 운 좋게도 그의 수업을 들을 수 있었네. 그는 시간성을 뒤엎으려는, 그리고 저질러졌던 만행을 부인하려는 그들의 광적인 욕망 속에서 극도로 헛된 집착을 보았네. "《밤과 안개》〔Nacht und Nebel: 제2차 세계대전중 체포된 레지스탕스들에게 NN이라는 표시를 했음)라는 말 뒤에서 우리는 **무명**(無名, nomen nescio)을 이해해야 합니다. 이름 없는 사람의 뒤에는 아무도 아닌 사람의 빈자리가 있습니다. 그 사람은 단지 사라져서 존재하기를 멈추었기 때문에 더 이상 존재하지 않는 게 아니라, 한번도 존재한 적이 없었습니다"라고 그가 설명했네.

부정하고, 속이고, 파괴할 수 없는 것을 파괴하려고 애쓰는 그들의 광기는 틀림없이 악마의 표시라네. 자네도 그 광기에 혐오감을 느낄 것이야.

세 가지 은총 가운데 하나가 결별이라면, 나머지 두 가지는 기억과 향수라네. 그것들을 절대 따로 떼어 생각하지 말게. 결별이라는 것이 가끔 필요하기는 한 것이지만 결별의 대상을 완전히 잊어서는 안 된다는 의미라네. 합당하지 못한 일일 뿐더러 자멸로 이끄는 것이네. 여러 해 동안 자네의 삶에서 가장 중요한 자리를 차지했던 한 존재를 버리는 것은 자네 자신을 버리는 것이며, 자네 스스로에게 상처를 입히는 것이기 때문이야.

맨케비츠의 영화 《지난 여름 갑자기》에서 캐서린 헵번은 조카 엘리자베스 테일러가 기억을 잃기를 바란다네. 그녀가 조카에게 백질 절제 수술을 해달라고 몽고메리 클리프트를 설득하는 장면을 기억해 보게! 그 생각만으로도 충분히 끔찍한데, 자기 자신에게 백질 절제 수술을 가한다는 것은 자신에 대한 가장 비통한 증오의 표시라네.

내가 레이디 바이런에 대해 언급했었지. 과거를 쉽게 잊어버리는 혐오스러운 또 하나의 원형으로 나폴레옹 1세의 두번째 황후인 마리 루이즈가 있네. 그녀의 건망증 섞인 냉소주의는 폴

모랑으로 하여금 《마리 루이즈 집에 초대받은 스탕달》이라는 글에서 한 페이지에 걸쳐 보복의 내용을 쓰도록 했네.

마리 루이즈 난 이제부터 오스트리아의 왕녀 마리 루이즈이자 파르마의 여대공이야.

베 일 그럼 나폴레옹 황제는 어떻게?

마리 루이즈 홍! 그 사람은 내 인생에서 단지 5년이라는 세월에 지나지 않아……

내 생각을 짐작하겠지만, 오비디우스와는 반대로 난 자네에게 베누스 에뤼신 신전에 가서 기도하라고 권하지 않네. 불행한 연인들이 여신의 아들에게 그들의 고통을 잊게 해달라고, 즉 **망각의 사랑**을 간청하러 그곳에 간다네. 그는 차가운 레테의 강물에 횃불을 담금으로써 상처입은 마음을 치유해 준다네.

나는 자네가 그 고통으로부터 치유되기를 바라지 않네. 어쩌면 내가 비정상적일지도 모르지만, 하여간 그렇다네. 페니 마샬의 영화 《위기의 암호명》에서 한 젊은 여인은 그녀가 너무나 사랑했던 전애인이 도움을 필요로 한다는 얘기에 이렇게 대답한다네. "잭은 아주 먼 과거에 속하는 사람이에요." 나라면 절대로 그런 식의 대답은 하지 않았을 것이야. 아무리 먼 과거라도 그것이 나의 애정사에 관계되는 것이라면 내겐 결코 멀게 느껴지지 않는다네. 그것은 절대 과거가 될 수 없네. 자네가 아름다운 운명을 만나기를 바라는 마음에서 자네 역시 나처럼 생각하기를 바라네.

부정적인 사람 오비디우스(개인적으로 '부정주의자' 보다는 '부정적인 사람'이라는 표현을 좋아한다네. 신어는 그것이 표현하는 생각만큼 상스럽네)가 하는 다음의 충고는 그에 대한 나의 생각을 악화시키네. "연인의 옛 편지들을 다시 읽지 않도록 조심하라. 그 위험한 발상은 아무리 단호한 성격도 동요시킬 수 있다. 어떤 희생을 치르더라도 편지들을 가차없이 불 속에 던져버려라. 그리고 이렇게 말하라. '내 사랑을 화형에 처하리라!' 테세티오스의 딸은 불 속에 아들의 목숨과 연결된 운명의 장작을 던져넣음으로써 자신의 아들도 죽였다! 하물며 너는 그깟 편지들을 태우기를 주저할 것이냐!"

물론 결별의 순간에 자네의 신의를 배반한 연인에게 그녀를 잊을 것이며, 자네의 가슴속에서 그녀를 완전히 몰아낼 것이라는, 지금부터 그녀는 자네에게 죽은 거나 마찬가지라는 생각을 알리는 것에는 찬성하네. 그건 정정당당한 일일세. 다음 한 가지 사항에 대해서는 나도 오비디우스의 의견이 옳다고 생각하네. 즉 결별 후 몇 달 안에는 연인의 편지들을 다시 읽지 않는 게 낫다는 것이네. 그건 불필요한 고문에 지나지 않아. 그러나 제발 편지들을 없애지는 말게! 자네 자신을 파괴하는 일이 될 것이네. 테세티오스의 딸, 알타이아가 한 것처럼 말이네. 운명의 여신 파르카가 알타이아 자신의 아들인 멜레아그로스의 생명과 연결해 둔 장작을 불에 던져넣은 후, 그녀는 자신의 살인 행위에 절망한 나머지 스스로 목숨을 끊었다네.

에디트 피아프가 "아니에요, 절대로. 전 아무것도 후회하지 않아요. 과거에 집착하지 않고, 처음부터 다시 시작할 거예요"

라고 노래하든 말든 신경 쓰지 말게. 그 가사는 내가 아는 가장 바보 같은 두 문장 가운데 하나라네(다른 하나는 《인터내셔널가(歌)》에 나오는 '과거를 백지화하자'라는 부분일세). 자네는 모든 것을 간직하고, 그 어떤 것도 잊지 말게. 배신한 연인과 자네가 함께 나누었던 행복한 시간들을 생생한 추억으로 간직하게. 고고학자인 동시에 예찬자가 되게나.

반면에 오비디우스가 배신당한 남자 연인에게 부정한 연인의 초상화, 그 **말없는 모습**(muta imago)을 눈에 보이지 않게 멀리 치워 버리라고, 사랑의 기억이 남아 있는 장소들을 피하라고 한 것은 옳았네. 그는 이렇게 말했지. "너무나 소중했던 기억이 남아 있는 장소는 피하라(Tu, loca quae nimium grata fuere, cave)."

무의식적으로 연인들은 그렇게 해야 한다는 것을 느끼며, 비록 오비디우스를 읽지 않았음에도 그들은 유사한 용어들로 그와 비슷한 느낌을 표현한다네. 결별한 후에 프란체스카는 나에게 이런 편지를 보내왔네. "난 내일 부모님이 계시는 로마로 떠나요. 영원히 이곳을 떠나고 싶어요. 우리가 거닐었던 거리·공원·교회, 우리 사랑의 흔적이 남아 있는 파리에 더 이상 있을 수가 없어요. 당신이 없는 삶은 신체의 일부가 떨어져 나가는 듯한 잔인한 아픔을 주는군요. 하루 종일 난 당신을 만날까 두려워하면서도 당신을 찾았어요. 세상에! 왜 우리는 더 이상 둘이 되지 못하는 건가요!"

나는 이 편지를 소설 《잃어버린 술에 취해》에 삽입했네. 아주 감동적이며 제8장에서 인용했던 **베레니스**의 시만큼 아름답네. 그런 사랑을 불러일으킨 것만으로도 인생은 살 만하다는 것이

충분히 증명된다네. 만일 내가 고통과 분노를 참지 못하고 순간의 방황 속에서 프란체스카가 우리의 격정적 사랑의 기간 동안 내게 써보낸 아름다운 편지들을 파괴했었다면 나는 속죄받을 수 없는 죄를 저지른 셈이 되었을 것이네.

이제 알아차렸을 거라고 생각하는데, 자네에게 충고를 하는 '결별 전문가'가 좋아하는 음료는 헬레나가 이집트에서 가져왔으며, 호메로스가 "이것을 마시는 자는 그의 아비나 어미가 눈앞에서 숨을 거두어도, 형제나 아들이 그가 보는 앞에서 냉혹한 적에게 목을 잘려도 하루 동안 눈물 한 방울 흘리지 않을 것이니라"(《오디세이》, IV, 220)고 표현한, 괴로움과 원한을 잊게 하는 그 마법의 음료가 아니라네. 나는 그런 마취제 같은 것에는 조금도 관심이 없네. 기적의 음료를 찬미하기보다 나는 마법의 음료 대신 샹볼 뮤지니(부르고뉴 포도주)를, 레테의 강물 대신 샤스 스플린(보르도 포도주)을 선택하려네.

이상하게도 기억과 망각에 관한 언쟁에서 나의 생각은 기독교 신학자들의 그것과 반대된다네. 매일 저녁 성무일과 때 우리는 "나쁜 기억들로부터 우리를 해방시켜 달라"고 신에게 기도하네. 그 기도문을 암송하는 것을 들으며, 나는 바네사에서 마야까지 부당하게 나를 버린 사랑의 배신자들에 대해 생각하는데, 그녀들의 배신의 기억이 그렇게 고통스러운 것이었음에도 불구하고 향의 소용돌이 속에 울려퍼지는 성스러운 그 말들은 나로 하여금 그 고통에서 빠져나오고 싶다는 생각을 갖도록 하지는 않네. 나의 친애하는 생시랑 수도원장 역시 나를 설득하지 못했네. 그는 1642년 6월 7일 한 젊은 속죄자 마리 앙젤

리크에게 보낸 편지에서 이렇게 말했다네. "성신 강림 축일날 신께서 이 새로운 포도주로 그대를 취하게 하기를 기도하겠소. 포도주가 사도들에게 지난 죄와 지나간 삶을 잊게 한 것처럼 말이오."

나에겐 그 수정주의가, 모든 기억을 지워 버린다는 그 생각이 끔찍하게 여겨지네. 알렉산드리아의 '성' 시릴과 그의 광신적인 신도들에 의해 행해진 그리스 로마의 훌륭한 예술품들의 물질적 파괴에 비할 수 있는 정신적인 파괴라네. 물론 나도 고해성사를 함으로써 우리들의 영혼을 깨끗하게 하며 우리의 죄를 용서받을 수 있다고 믿고 싶지만, 그 고백의 기억을 지울 수 있다고, 또 지워야 한다고는 생각하지 않네.

고해성사가 우리 마음을 정화하는 한 방법이라는 생각도 생각이지만, 새 포도주와 묵은 포도주의 취기를 비교하는 것이 허황되게 느껴지는 것은 코르네유가 후작부인에게 쓴 글처럼 묵은 포도주가 새 포도주에게, "나에게도 젊은 시절이 있었습니다. 당신도 나처럼 나이를 먹게 됩니다"라고 늘 속삭이기 때문이 아닐까.

좋은 기억과 나쁜 기억의 차이는 거의 없다네. 언젠가는 모두 삼켜지네. 우리는 이 땅에 잠시 머물렀다 가는 여행객에 지나지 않으며, 즐거움도 고통도 우리의 수수한 짐보따리에 담겨지네.

친애하는 대자, 고통도 향수도 절대 왜곡하지 않겠다고 약속해 주게. 그것은 고귀한 영혼에게는 정신 고양의 원천이 되며, 예술가에게 있어서는 히포크레네(Hippocrène: 말의 샘. 페가수스가 예술의 여신들인 뮤즈들을 위해 발길질로 판 샘으로 예술가들에게는 영감의 원천이기도 하다)가 된다네.

고대 로마인들은 지옥을 '망각의 장소'라 불렀네. 이 멋진 정의는 신들 덕택에 그 반의어도 가진다네. 즉 천국은 기억의 장소라는 것이네.

내가 이전의 연인들과 다정한, 적어도 친숙한 관계 정도는 유지하고 싶어하는 건 틀림없이 그런 이유 때문일 것이네. 그래, 우리는 결별했네. 하지만 특이한 나의 내면 세계는 그 결별을 거부하며, 그녀들을 결코 전애인들로 생각하지 않는다네.

자신들의 마음속에서 나를 쫓아내 버리지 못한 여자들은 행복하네. 다른 여자들의 경우 그녀들과 나 사이에 있었던 사랑의 공범 관계를 간직하려는 나의 바람에 극도로 짜증을 내는데, 그건 그녀들의 과거의 관계를 완전히 청산하고자 하는 망상과 완전히 잊어버리고자 하는 그녀들의 혐오스런 희구를 방해하기 때문이라네.

한 가지 예를 들어 보겠네. 아주 많은 경우들 가운데 한 가지만 선택하자니 정말이지 곤란했네.

1996년 1월 30일 화요일, 이 책의 집필을 위해 아침 6시에 일어난 나는 라디오를 켰네. 곧 나는 전날 라페니체 극장이 화재로 몽땅 다 타버렸다는 소식을 듣고 아연실색했네. 가슴이 미어지는 것 같았네. 나는 메모 수첩에 이 말들을 휘갈겨 썼다네. '하느님 맙소사, 아름다움이란 얼마나 깨지기 쉬우며 덧없는 것인지! 우리가 좋아하는 모든 것들이 언젠가 사라지리라!' 3시간 후, 혼란스러운 내 기분을 나누려고 나처럼 베네치아에 열광하는 두 친구, 필리프 솔레르스와 한때 내 연인이었던 안에게 전화를 걸었네. 솔레르스와는 감동적인 대화가 오갔네. 우리는 파리 코뮌 가담자들이 루브르에 불을 질렀다는(다행히 잘못된 소문으로 드러난) 소식에 눈물을 쏟으며 야코브 부르크하르트의 집으로 급히 달려가는 니체를 떠올렸네. 안은 집에 없었네. 자동응답기에 메시지를 남겼다네. 우리가 함께 보낸 베네치아의 밤들, 그리고 이 엄청난 슬픔의 순간에 그녀가 얼마나 내게 가깝게 느껴지는지에 대해서 얘기했네……. 난 내 전화를 받고 그녀가 반가워할 거라고, 아니면 최악의 경우 그저 무관심한 태도를 보일 거라고 생각했다네. 내가 틀렸네. 내 전화에 그녀는 격분했고, 나는 그녀 특유의 무시무시한 질책을 받아야 했다네. "네가 원하는 게 뭐야. 무슨 의미로 이런 말을 남긴 거야. 넌 날 사랑하지 않아. 네가 날 사랑했다면 난 아주 오래전에 그걸 알아차렸을 거야. 넌 그냥 옛날 애인들에게 전화를 걸어 보는 거야. 나도 너의 수많은 애인들의 하나일 뿐이고, 내가 아직도 널 사랑하고 있는지 확인하고 안심하기 위해 전화한 거야. 네 정신 체계는 모순투성이이고 제정신이 아니야……." 그런 식으로 그칠 줄 모르는 비난이 계속 쏟아졌네.

안의 말은 틀리지 않았네. 나도 내 '정신 체계'가(내 기분을 '정신 체계'라 부를 수 있다면) 모순투성이이며 제정신이 아니라는 것을 인정하네. 그렇지만 중요한 건 건망증 심한 아름다운 나의 연인의 이성과 일관성보다는 나의 모순과 광기가 수천 수만 번이라도 더 낫다는 것일세.

친애하는 대자, 절대로 배신자가 되지 않도록 주의하게. 너무도 사랑했지만, 자네를 배신했고 그 때문에 잔인한 결별을 해야 했던 여자가 다시 자네 앞에 나타난다면 그녀를 내치지 말게. 그녀를 밀어내지 말고 대신 다정하게 맞아 주게. 그녀에게 팔을 내밀게.

육체적인 쾌락은 다른 여자들과의 관계에서도
느낄 수 있었네. 그렇지만 그녀에게만 있는 것,
그녀만이 가지고 있는 매력, 그 누구도 대신할 수 없는
그녀만의 특별함은 영원히 빼앗긴 것이 돼버렸네.

신앙이 있는 사람이라면 신은 인간 개개인과, 비록 그 사람
이 세상 사람들의 눈에 아무리 하찮거나 타락해 보여도 관대하
고 유일한 관계를 맺고 있다는 것을 잘 알고 있네. 하지만 무신
앙자 역시 소중한 누군가를 잃게 될 때 그 무엇도 대신할 수 없
는 그 사람만의 특별한 본성을 느낄 수 있다네.

연인과의 관계에서 그것을 알 수 있으며, 우정 관계에서는 더
욱 확실히 느낄 수 있다네.

우정의 관계가 순수하게 정신적인 것인 반면에, 사랑의 관계
에서는 정신적인 면 이외에 육체적인 면도 중요하다네. 즉 사
랑의 관계는 단지 두 마음, 두 영혼의 일치만이 아니라 두 육체
의 일치까지를 뜻한다네.

사랑하는 여인의 여러 모습 가운데 유머나 말투처럼 정신 영
역에 속하는 모든 것들은 자네가 그녀와 헤어지면 어쩔 수 없
이 함께 잃게 되는 것들이네. 물론 언젠가는 그녀만큼 재미있

고 충동적이며 유머스러운 다른 여자를 만나게 되겠지만, 그녀와 똑같지는 않을 것이네. 멋진 여자일 수 있지만 다르다네.

그건 잠자리에서도 마찬가지일 걸세. 자네에게 젊고 예쁘고 육감적인 연인이 있으며, 자네는 그녀의 관능적인 모습에 반했네. 그녀와 헤어지게 되면 자네는 다른 여자의 품에서 그녀를 잊으려 애쓰지만 성공하지 못한다네. 그건 자네의 키르케(그리스 신화에 나오는 마녀로 트로이 전쟁의 영웅인 오디세우스와 사랑에 빠지게 된다)와 비교해 볼 때, 다른 여자들은 모두 끔찍하게 멍청하고 얌전하며 관능성과 음란성도 부족하기 때문이라네. 자네는 미친 듯이 화를 내며 자네의 매혹적인 마법사를 그리워하게 될 것이야. 그러다가 어느 날 아주 놀랍게도 자네를 매혹시키고, 자네에게 최고의 쾌락을 느끼게 해주는 새로운 키르케를 알게 된다네.

육체적인 쾌락은 다른 사람이 줄 수도 있네. 하지만 지적인 면이나 영혼은 그렇지 못하다네. 나는 마리 엘리자베스를 그녀가 열여섯 살일 때 알았네. 1년 후 나는 그녀의 연인이 되었고, 그후 거의 10년간 우리는 미친 듯이 서로를 사랑했네. 하지만 그녀는 한 불쌍한 인간과 결혼해 버렸고, 나를 자신의 인생에서 지워 버렸지. 그녀에 대해 회상할 때면 그녀의 푸른 눈, 그녀의 억양, 그녀의 재치 넘치던 말들, 그녀의 움직이는 방식, 그녀의 분노, 그녀가 나에게 지어 준 다정한 애칭들에 대한 추억이 그녀의 품에서 느낀, 그렇게도 강렬했던 육체적 즐거움보다도 더 큰 비중을 차지했다네. 육체적인 쾌락은 다른 여자들과의 관계에서도 느낄 수 있었네. 그렇지만 그녀에게만 있는 것,

그녀만이 가지고 있는 매력, 그 누구도 대신할 수 없는 그녀만의 특별함은 영원히 빼앗긴 것이 돼버렸네.

친애하는 대자, 내가 이야기하고자 하는 것은 우정이란 전적으로 정신적인 것이기 때문에 친구를 잃어버리는 것은 연인의 경우보다 더욱더 회복하기 힘든 상황에 처하게 된다는 것일세. 친구를 잃음으로써 자네가 잃게 되는 것은 절대 되찾을 수 없는 것이 돼버린다네. 그렇기 때문에 오래된 우정을 깨기로 마음먹을 땐, 그전에 먼저 오랫동안 생각해 봐야 하네. 자네의 결정을 생각해 보고, 또 생각해 봐야 하네.

키케로는 저서 《투스쿨란》 제5권에서 가난한 사람들, 귀머거리들, 장님들에게 그들의 상태가 조금도 불쾌하지 않다는 것을 아무렇지도 않은 듯 냉정한 태도로 이야기하고 있네. 나도 자네가 좋은 친구와의 사이가 틀어지는 경우 친구에게 쏟았던 시간을 앞으로 자네의 학업이나 애인, 아니면 고양이나 자네 영혼의 평안을 위해 사용할 수 있기 때문에 꼭 불행한 것만은 아니라고 냉정하고 가볍게 말할 수 있네.

에피쿠로스에서 에르제〔《땡땡의 모험》 시리즈를 그린 벨기에 만화가 조르주 레미의 필명〕까지, 내가 스승이나 동조자들이라 부르는 사람들은 어느 상황에서도 배울 점을 찾아낼 줄 아는 것이 지혜라고 나에게 가르치네. 시대가 다른 탓에 에피쿠로스와는 함께 술을 마실 즐거움을 가지지 못했지만 에르제와는 자주 그 기회가 있었다네. 그는 1972년 내가 이혼할 당시, 그리고 1976년 프란체스카와 결별할 때 함께 술을 마시면서 슬픈 결심을 한 나를 위로해 주기 위해 도교에서 전해 내려오는 이야기들을 들려주었는데, 너무나 명백한 불행이 실제로는 행복의 계기가 될 수 있다는 교훈이 담겨 있었네.

마을에서 가장 인기가 많은 미남이었지만 어느 날 사고로 쟁기날에 다리 하나가 절단된 젊은이의 이야기를 그는 아주 좋아했다네. 젊은이가 그렇게 되자 여자들은 그에게서 등을 돌렸네. 얼마 후 그 나라의 왕이 이웃 나라에 선전 포고를 했네. 가련한 불구자인 그를 제외한 모든 젊은이들은 전쟁에 동원되었고 싸움터에서 죽어갔어. 유일하게 살아남은 그는 다시 예전처럼 마을에서 가장 주목받는 남자가 되고, 그 마을에서 가장 아름다운 아가씨와 결혼을 한다네…….

나는 결별의 아픔을 아주 잘 극복했네. 그러나 지금 생각해 보면 그것은 도교의 이야기들 때문이 아니라 에르제의 포도주 창고에 있던 훌륭한 포도주가 주는 원기 회복의 효과 덕택이었던 것 같네.

친애하는 대자, 여기에서 한 가지 이야기하고 싶은 게 있네. 향연을 열어 코가 비뚤어지게 마시는 것은 사랑의 슬픔을 달래기 위한 특효약이긴 하지만, 그 약효는 오래 가지 않는다는 것을 밝혀두네. 술을 마신 다음날 아침이면 숙취와 함께 고통은 어김없이 다시 찾아온다네.

다시 우정 얘기로 넘어가 보세. 사랑의 경우 결별의 결정을 완강하게 밀고 나가야 할 상황이 있지만, 우정의 경우에는 절대로 그 반목(反目)이 오래가도록 내버려두어서는 안 된다고 믿네. 나는 참을성이 없고, 자존심이 강하며, 화를 잘 내고, 신경질적이지. 이 많은 결점들이 때때로 나의 우정 관계에 그늘을 드리우게 하지만, 절대로 난 원한 같은 건 품지 못하는 성격이라네. 친구와 다툼이 생길 때, 비록 이 친구가 나에게 고약한 짓을 했고 그 반목이 아무리 지긋지긋한 것이었다 해도 나는 우리의 화해를 위해 열심히 노력해 왔다네.

나는 틀림없이 큰 죄인이며 기독교인의 자격이 없네. 그렇지만 나는 무의식적으로 성경의 가르침을 따르고 있네. 그 성경 구절은 바로 이것이네. "예물을 제단 앞에 두고 먼저 가서 형제와 화해하라."(《마태복음》, 5:24)

자신에게 가해진 부당한 처사를 용서 못하고 지겹도록 되새기고 유감스러워하며, 신랄하게 비난하고 앙심을 품는 복수심이 강한 그런 사람보다 더 이상한 사람은 없을 것이네.

기원후 초기, 당시 마레 노스트롬(mare nostrum: 우리의 바다, 즉 지중해를 의미)을 지배하던 고대 로마의 학식 있는 사람들은 그들의 머리맡에 《우정에 관하여》를 두었네. 그러나 예수 그리스도도 그렇게 했는지는 확신할 수 없네. 그는 거의 책을 읽지 않았으며, 책을 사러 서점에 들르는 사도들도 이 책을 찾지 않았네. 그렇지만 그는 우정에 관해서 키케로와 같은 생각을 했으며, 우리에게 "일곱 번뿐 아니라 일흔 번씩 일곱 번이라도 용서해야 한다"(《마태복음》, 18:22)고 선언했네. 친애하는 대자, 자네가 언제나 이 점을 명심하길 바라네. 자네가 납골 단지나 관 속에 있게 될 때는 자네에게 소중했던 사람들을 영원히 더 이상 볼 수 없게 될 테니, 살아 있는 동안 자네와 오랜 친구 사이의 반목이 오래가지 않도록 하게. 자네가 먼저 친구에게 모욕을 주었다면 그에게 손을 내밀고, 친구가 자네의 기분을 상하게 했다면 그를 용서하게. 화해도 하기 전에 친구가 죽게 될 경우 자네가 받을 치유 불가능한 고통에 대해 생각해 보게!

프랑스어 가운데 도덕적인 측면에서 가장 아름다운 단어는 아마도 아량일 것이네. 라틴어로는 magnanimitas라고 하는데, 멋진 말인 것 같네. 자네의 넓은 영혼을 보여줄 기회를 놓치지 말게. 아량은 특히 군주나 시인이 갖춰야 하는 고귀한 미덕이며, 또한 행복의 비결이기도 하네. 자네는 다른 사람들, 그리고 자네 자신과 평화롭게 지내고 싶은가? 어린아이의 단잠을 자고 싶은가? 위궤양으로 고생하기 싫은가? 자네의 맑은 눈과 분홍빛 뺨을 지키고 싶은가? 절대로 까다로운 늙은이는 되기 싫은가? 그렇다면 아량을 베풀게. 불의를 행하거나 모욕을 주는 사람이 되기보다는 그 희생자가 되는 게 낫다네. 용서하게, 항상 용서하게. 처음에는 관대함으로, 그 다음에는 자신을 지키기 위한 이기주의로 용서하게. 그 어느것도 원한만큼 우리를 돌이킬 수 없을 정도로 괴롭히는 것은 없으니까 말일세.

친애하는 대자, 앞에서 말한 것과 관련이 있는 이야기인데, 젊은 시절 자네의 정신을 살찌우고 깨우쳐 주었던 작가들에 대한 자네의 충실한 우정 역시 절대로 철회하지 말 것을 당부하네. 그건 나의 경우를 돌이켜 봐도 명백하다네. 모든 이가 똑같이 느끼는 것이 아니므로 그것이 글로 남겨질 가치가 있는 것이라고, 만약 경험(경험! 정말 얼마나 비통한 말인지 모르겠네)이 나에게 가르쳐 주지 않았더라면 나는 자네에게 그 이야기를 밝히는 것을 부끄러워했을 것이네.

자신의 청소년기의 스승들을 찬양하고, 그들에게 감사와 찬

탄의 말을 보내는 것을 하나의 규칙과도 같이 여겨야 하네. 즉 그러한 태도가 일반화되어야 한다는 얘기일세. 그런데 실상은 전혀 그렇지가 못하네. 많은 사람들이 성년이 되면 자신들의 초년 시절의 우상들을 부정한다네. 그들은 성인 사회로 들어가면서 자신들의 영혼을 잃어버리는 경솔한 사람들이거나, 또는 남들이 자신보다 우월하다는 사실을 점점 더 참을 수 없어 하는 시시한 사람들이네. 또한 출세제일주의자들도 있는데, 사람들이 그들의 귀에 대고 그들이 그렇게 좋아하는 작가는 파렴치하고 위험한 인물이라고 속삭였을 것이고, 그래서 그들은 그에게서 멀어져야겠다는 생각을 갖게 되는 것이네. 이러한 유형의 사람들은 그들이 예전에 우상처럼 섬기던 작가의 책들을 서재에서 손이 쉽게 닿지 않는 곳으로 치워 버리고, 그가 친구일 경우(20년 전에는 그를 한번 만나 보는 것이 그들의 꿈이었네) 아무 트집이나 잡아서 그와 사이를 벌리고는 온 파리에 그 사실을 알린다네.

나와 조금 안면이 있는 한 작가는 1978년 1월의 일기장에 이렇게 썼네.

"일부 독자들은 내가 죽을 때까지 충실한 독자로 남을 것이다. 그러나 다른 일부 독자들에게서 나에 대한 관심이 점차 식어가는 것을 보는 건 꽤 흥미로운 일이다. 솔직하고 젊은이다우며 열정적이었던 편지들은 좀더 조심스럽고 경망스러운 어조로 바뀌고, 결국에는 질투심과 적대감을 내보인다. 마치 그들이 다른 이의 도움 없이 그들 자신들에 의해서 존재한다는 생각을 갖기 위해 지금껏 그들이 우상화해 왔던 작가를 죽일 필요성을 느낀 것처럼 말이다. 내가 한번도 만난 적이 없고, 나와는 지극히 피상적인 관계일 뿐인 그 독자들이 버림받은 연인처럼 반응하는 것은 묘한 일이다!"

플로베르에 대한 막심 뒤 캉의 태도가 그 좋은 예이네. 처음에 막심은 귀스타브에 대해 실제로 애정을 느꼈고, 그를 찬미하고 그의 성공을 기뻐했네. 그러나 시간이 갈수록 친구의 특출함은 그를 괴롭혔네. 왜냐하면 그 역시 명성을 얻고 싶은 강한 욕망을 가졌기 때문이라네. 저널리스트로 더 잘 알려진 막심은 사람들이 자신을 작가로 생각해 주기를 바랐었네! 사람들은 그가 플로베르를 모방한다고 조롱했으며, 그 자신도 그러한 비난을 받아 마땅하다는 것을 잘 알기 때문에 더욱 괴로웠다네. "진실은 눈을 찌른다"라는 러시아 속담도 있지 않은가. 그때부터 그들 사이에는 단순한 반목이 아닌 지속적인 냉각 관계가 시작되었네. "그는 내가 존재하지 않기를 바랍니다. 내가 그를 괴롭히고 있어요." 1863년 6월 28일 플로베르가 루이즈 콜레에게 이렇게 썼다네.

뒤 캉은 단지 못난 사람이었을 뿐이네. 그러나 뛰어난 사람들이라고 해서 그런 불쌍한 약점을 갖지 않는 건 아닐세.

그 '유명한 가톨릭 작가'의 이름을 여기서 밝히지는 않겠네. 그는 자신의 작품이 독창적으로 보이지 않을까 두려워 도스토예프스키의 사상에 영향을 받았음이 분명한데도 그의 작품을 읽은 적이 없다고 주장했네.

그것보다는 착잡한 심정으로 한 작가의 경우를 이야기해 주겠네. 나는 그의 저서들 가운데 특히 일기를 좋아하네. 그 작가는 바로 스탕달인데, 바이런에 대한 그의 태도를 보면 내가 말하고자 하는 바를 정확하게 알 수 있을 것이네.

1816년 가을, 밀라노에 있는 스칼라 극장의 특별석에서 바이런의 열렬한 찬미자였던 스탕달은 그의 우상에게 자신을 소개하게 된다네. 그날 저녁 그는 이렇게 적었네. "난 너무 수줍어하고 감동했다. 감히 용기를 낼 수 있었다면 눈물을 쏟으며 바이런 경의 손에 입맞춤했을 텐데."

그의 이러한 어조는 꽤 빠르게 바뀐다네. 마리안 세르미아캉이라는 한 박식한 부인이 그것에 대해 다음과 같이 말하네. "스탕달은 1816년 10월 밀라노에서 바이런과 나누었던 대화를 세 번 각각 다른 시각으로 적고 있어요. 6년간에 걸쳐 나누어 씌어진 그 글들에는 우상이 그의 찬미자에게 무의식적으로 가하는, 자존심을 상하게 하는 것들에 대한 이야기가 다소 신랄한 어조로 언급되어 있어요."

그녀는 정확하게 보았고, 잘 말했네. 스탕달은 바이런의 눈부신 탁월함에 너무나 고통스러운 나머지 그와 사이가 멀어져서, 자신의 마음대로 그를 비방할 수 있기 위해 그 위인의 악의 없는 비평(바이런은 스탕달의 《이탈리아 회화사》를 하찮은 것이라고 평가했다네)을 트집잡았네.

스탕달은 무조건적인 찬미자에서 다른 이들의 '시인을 시샘하는 험담'에 '호의적인 태도로 귀기울이는' 신랄한 혹평가로 변한다네.(세르미아캉) 그는 바이런이 화를 잘 내며, 무례하고, 비사교적이며, 투지가 없고, 뭔가를 얻기 위해 노력하기보다는 포기를 좋아한다며 비난했네. 호라티우스와 라로슈푸코의 멋쟁이 추종자 바이런은 쥘리앵 소렐 같은 부류의 시기심 많고, 젊은 나이에 벌써부터 신랄해진 소시민들과는 매우 다르다네. 그리고 스탕달(그가 달갑지 않은 그의 영웅에게 지나치게 자기 자신을 이입한 게 아닌가 두렵네)은 바이런의 그런 점을 용서하지 못하며 이렇게 말했네. "바이런 경은 공작이며, 거들먹거리는 데다가 자신의 이야기밖에 할 줄 모른다."

친애하는 대자, 자네도 앞의 이야기들에서 확인했겠지만 남편과 아내, 그리고 연인들 사이에서만 사랑이 증오로 이어지는 것은 아니라네. 어쨌든 나의 신념은 확고하네. 즉 자네의 슬픔에 위로가 된다면 자네가 너무나도 사랑했던 여자를 증오하게. 하지만 오랜 친구나 젊은 시절 정신적 지주였던 이들은 부정하지 말게.

만일 자네가 절대로 친구의 기분을 상하게 하지 않으려고 노심초사하는 성격이라면, 무엇보다도 인간은 본래 자만심 강한 동물이라는 사실, 크고 넓은 영혼을 가진 사람들은 그다지 애쓰지 않고도 무례를 용서한다는 사실, 그리고 편협한 영혼의 소유자들(성령의 특별한 도움을 제외하고)은 자신의 자존심에 상처를 입었을 때 그 상대가 비록 그들의 우상이었다 하더라도 용서를 못한다는 사실을 기억하게.

결별은 하나의 전투처럼 만만치 않은 일이 될 것이므로
겉으로 보이는 상황에 속지 말게.
전투를 위해 마음을 강하게 먹어야 하며,
전사의 영혼으로 자신을 단련해야 하네.

연인이나 아내 또는 친구와의 결별이 정신적으로 절단당하는 것이라 한다면, 그 반대로 이식에 비유할 수 있는 또 다른 종류의 결별들이 있네.

모든 정신적 모험은 포기, 결국은 결별의 의미를 함축하고 있네. 세례는 지옥과의 결별이며, 결혼은 불안정성과의 결별, 그리고 성직자의 착복식은 이 세상의 쾌락과의 결별을 의미하네.

대식가가 다이어트를 시작하겠다고 결심하고, 호색꾼이 한 여자에게만 충실하겠다고 마음먹고, 향락적인 사람이 수도원으로 들어가고, 부자가 그의 재산을 가난한 사람들에게 나누어 주고, 마약 중독자가 인공적인 쾌락을 포기하는 것 등 자네가 원하는 어떤 예라도 좋네. 친애하는 대자, 이 모든 예들은 그 무엇과의 결별을 의미하네. 그러나 지금까지 우리들이 얘기해 왔던 결별과는 아주 다른 것일세. 다시 말해 '좀처럼 고치기 힘든 지독한 습관(violentia consuetudinis)'과의 결별이네. 한마디로 표현하면 '개심(改心)'이지.

성 아우구스티누스는 "죄의 법칙이란 습관의 무서움"이라고 적고 있으며, 그는 다시 《고백록》 제8권에서 다음의 멋진 단어들로 개심을 표현하고 있네. "제대로 살기 위해서라면 죽음도 두렵지 않다."

개심을 마음먹은 사람들이 정하는 목표들이 아무리 각양각색이더라도 그들에게는 자신을 바로잡겠다는 똑같은 바람이 타오르고 있네. 초과 체중을 빼기 위해 치료를 받으러 떠나는 비만자나, 단 한 명의 연인에게 전적으로 전념하기 위해 문란한 과거와 결별하는 난봉꾼, 이들은 모두 엄격한 규칙에 복종할 것을 받아들이며, 익숙한 편안함에서 오는 무기력을 단념하고, 새로운 규칙의 험난함에 몸을 맡기는 것이라네.

그러한 단호한 결별, 즉 개심을 잘 구현하고 있는 예술 작품을 하나 고른다면, 기원전 4세기에 만들어진 저부조(底浮彫) 작품을 들 수 있겠네. 나는 그것을 1995년 그랑팔레국립미술관에서 보았는데, 부처의 삶에서 유명한 한 일화를 표현한 것이었네. 왕자로서의 삶을 포기하던 그날 밤, 깨어 있는 자(부처)가 잠이 든 부인의 침대를 발끝으로 조심조심 떠나는 장면이었네.

친애하는 대자, 그렇게 갑작스러운 방법으로 자신을 사랑하는 여자와 그들 사이에 태어난 아이와, 그의 신분상의 의무들과 결별하면서도 싯다르타 왕자는 자신으로 인해 야기될 슬픔과 소동에 결코 흔들리지 않았음을 주목하게. 그에게는 개인적 자아 실현만이 중요했다네. 자네에게 이기주의를 가르치는 선생이 되고 싶다고 앞에서도 말했지만, 부처 역시 악의 없는 이기주의라는 분야의 훌륭한 선생이라네.

좀더 깊이 들어가기 전에 자네의 성찰에 도움을 줄, 니체가 자신의 저서 《선악의 피안》에서 얘기하고 있는 생각에 대해 말하고 싶네. 어떤 중요한 결정을 내려야 할 때나, 결별을 감행해야 할 때마다 그 생각이 자네가 참고하는 안내서 같은 것이 되었으면 하고 바라네.

바로 다음과 같은 말이라네. "귀족은 모든 가치들을 정하는 사람은 자신이라고 생각한다. 자신에 대한 믿음, 자신에 대한 긍지, 그리고 모든 종류의 **자기 희생**이라는 것에 대한 근본적이고 냉소적인 적의, 이것이 바로 귀족의 윤리에 맞는 행위이다."

싯다르타 왕자의 세상에 대한 포기와 정확하게 맞아떨어지는 멋진 격언이네. 나는 이것이 언젠가 자네의 운명도 밝혀줄 수 있기를 바라네. 《담마파다》(법구경)에서 부처는 "각자가 자기 자신의 지배자"라고 가르치네. 친애하는 대자, 내가 자네에게 바라는 것도 바로 자네 자신의 지배자가 되라는 것일세.

이기주의라는 말이 자네를 겁주지 않기를 바라네. 그것은 절대 자신의 이익에만 급급하는 메마른 마음을 의미하지 않으며, 오히려 정반대인 진정한 관대함을 뜻하네. 싯다르타 왕자는 자신의 아내와 아들을 버리고, 그가 속한 계급의 특권을 버림으로써 사회적인 제도에 순응하는 사람들에게 충격을 주고 주위 사람들을 힘들게 했네. 그렇지만 그렇게 많은 것과의 결별 덕택에 그는 그가 살았을 당시뿐만 아니라, 그후 여러 세기에 걸쳐 수백만 인류에게 정신적 자유와 행복을 주게 된다네.

그리스도 역시 마찬가지네.

그가 열세 살이었을 때 일어났던 실종과 성모 마리아의 걱정, 그리고 그녀에게 매몰차게 대하는 예수의 버릇없고 쌀쌀맞은 태도에 대해 생각해 보게. "그 부모가 보고 놀라며 그 모친은 가로되 '얘야 어찌하여 우리에게 이렇게 하였느냐? 보라! 네 아버지와 내가 근심하여 너를 찾았노라.' 예수께서 가라사대 '어찌하여 나를 찾으셨나이까? 내가 내 아버지 집에 있어야 될 줄을 알지 못하셨나이까?' 그러나 그 부모는 그 하신 말씀을 깨닫지 못하더라."(〈누가복음〉, 2:48-50)*

다음에 나오는 예수의 신랄한 말에 대해 생각해 보게. 다른 사람이 그렇게 말했다면 냉소주의와 거만함의 극치로 보여졌을 것이네.

"제자 중에 또 하나가 가로되 '주여 먼저 가서 제 부친을 장사지내게 허락하옵소서.' 그러나 예수께서 가라사대 '죽은 자들이 저희 죽은 자들을 장사지내게 하고 너는 나를 따르라' 하시니라."(〈마태복음〉, 8:21-22)

"내가 온 것은 남자가 그 아비와, 딸이 어미와, 며느리가 시어머니와 불화하게 하려 함이니, 사람의 원수가 자기 집안 식구임이니라. 아비나 어미를 나보다 더 사랑하는 자는 내게 합당치 아니하고, 아들이나 딸을 나보다 더 사랑하는 자도 내게 합당치 않으니라. 또 자기의 십자가를 지지 아니하며 나를 좇지 않는 자도 내게 합당치 아니하니라."(〈마태복음〉, 10:35-38)

---

* 《교회 분리주의를 위한 열정 *Les Passions schismatiques*》 제5장에 나오는 예수의 실종과 비교해 볼 것.

"사람들이 예수를 둘러싸고 앉았다가 그에게 물었다. '보소서, 당신의 모친과 형제들과 누이들이 밖에서 찾나이다.' 그러나 예수가 대답하시되 '누가 내 모친이며 누가 내 형제들이냐?' 하셨다. 둘러앉은 자들을 둘러보시며 가라사대 '여기에 내 모친과 내 형제들이 있느니라! 누구든지 하나님의 뜻대로 하는 자는 내 형제요 자매요 모친이니라.'"(〈마태복음〉, 3:32-35)

앞에서 예를 든 것 말고도 예수에게는 정신적으로 이어진 가족만이 중요했으며, 그가 혈연으로 맺어진 관계를 무시하고 우리들에게 그 관계를 초월할 것을 명령하는 성경 구절들이 더 있네. 그리고 '기독교 가정' '가족 단위(원문 표현 그대로), 기독교적 삶의 원칙' 등, 사제들의 끊임없는 감언이설들이 좋게 보면 오역이며, 최악의 경우 고의적인 거짓말이라는 것을 증명하는 구절들도 많다네.

현대 사회가 이단 종파들을(젊은이들에게 그들의 가족과 관계를 끊도록, 세상에서 이탈해 나올 것을 부추긴다네) 비난하는 것은 티베리우스 황제 때의 사회가 예수를 비난했던 것과 같은 것이라네. 그래서 보쉬에는 1691년 12월 25일 모(**Meaux**)에서 행한 《크리스마스 설교》에서 예수는 '모든 백성들의 항변과 수군거림, 소란의 대상'이었다고 망설임없이 말했네. 그들은 예수를 '신성을 모독하는 자, 불경한 자' '자선가를 가장하는 자, 교회분리주의자' '반역자·모반자' '쾌락과 맛있는 식사를 즐기며 징세 청부인들과 죄인들의 잘 차려진 식탁을 좋아하는 자' '사기꾼·위선자, 악마에 들린 자'로 여겼다네. 나라면 오만한 그노시스주의자(구원은 노예 상태가 된 영혼이 육체로부터 해방됨으로써 성취된다는 이원론적인 철학, 초기 그리스도교 시대의 이단)로 몰릴까 두려워 이러한 말을 쓰지 못했을 것이네. 그러나 친애하는 대자, 가장 준엄한 정교회의 귀감인 보쉬에가 그것을 썼기 때문에 나는 기꺼이 그의 주교의 권한을 방패삼아 자네에게 당부하네. 자네가 어느 날 독실한 신자인 체하는 사람들에게 멸시당하고 위선자들에게 비방당하게 될 때(분명 그렇게 될 것이네. 왜냐하면 그것이 바보 같은 도덕 질서가 지배하는 시대에 자유로운 정신을 가진 사람들의 운명이니까), 자네에게는 훌륭한 동행이 있다는 확신을 갖고 거기에서 위안을 얻게나.

자네의 운명은 다른 곳에 있다는 것을 깨닫는 그때부터 부모가 자네에게 정해 준 길, 정해진 엘리트 코스에서 망설임 없이 빠져나오게. 자네 나이였을 때, 나는 무엇이 되고 싶은지 알지 못했었네. 하지만 나의 내면 어느곳에서 이미 나는 되고 싶지 않은 것에 대해 분명하고 뚜렷한 의식을 가졌었는데, 그 사실이 중요했네.

우리가 고등 교육이라 부르는 것의 중요한 장점은, 대학입학 자격시험에 합격한 그 순간부터 돈을 벌어야 한다는 혐오스런 필연성이 우리에게 직업을 가지도록 강요하는 순간까지 몇 년간 공부에 몰두할 수 있는 시간을 준다는 것일세. 그 시간 동안 흥미가 있다면 많은 학위를 따려고 노력하게. 내 개인적으로는 학위를 따는 게 그렇게 중요하다고 여기진 않네. 그러나 무엇보다도 델포이의 아폴론 신전에 적혀 있는 글의 가르침을 따라 자신에 대한 분명한 시각과 이 땅에서의 짧은 체류 동안 향상시키고 싶은 재능을 찾아내게.

자네의 자질에 대한 확신이 서면 단호하게 밀고 나가게. 자네의 길을 방해하려고 하는 모든 것들, 세속의 규칙, 자네가 속한 부류의 관례에 순응하는 태도, 가족의 압력 등과 주저없이 결별하게. 사회가 자네를 구속하기 위해 부여하는 잘못된 의무의 사슬들을 끊어 버리고, 악티움 해전*이 벌어지기 전날 안토니우스가 했던 것처럼 자네의 군함들에 불을 지르게.

결별은 하나의 전투처럼 만만치 않은 일이 될 것이므로 겉으로 보이는 상황에 속지 말게. 전투를 위해 마음을 강하게 먹어야 하며, 전사의 영혼으로 자신을 단련해야 하네.

결별, 그것은 자각·긴장·일신을 의미하네. 물론 고통스럽기는 하지만 또한 모험이기도 하다네.

친애하는 대자, 모험이여 만세! 정열이여 만세! 미지의 일이여 만세! **골치 아픈 일**이여 만세! 라고 외치세.

결별은 통과의 과정이며, 따라서 잠시 머물렀다 가는 것에 두려움을 느낄 필요는 없네. 세례를 시작으로, 모든 입문 의식은 통과 의식을 뜻하네. 부활 역시 그 가운데 하나라네. 히브리어로 '부활절'이라는 말은 '통과'를 의미하네. 그 사실을 잊지 말게.

나의 경우, 유년 시절부터 가져온 자유에 대한 나의 열정을 위해 사회의 인정·직업·안전·안락·명예를 희생해 왔네. 사람들이 나에게 제안하는 직무나 지위들을 항상 거절해 온 것은 자유롭게 남아 있기를 바랐기 때문일세.

---

* 《안토니우스의 삶 *Vie d'Antoine*》, 플루타르코스 《영웅전》 64장.

사랑하기 위해 자유롭고, 여행하기 위해 자유롭고, 내 가슴, 머리, 마음 저 깊숙한 곳에 담긴 이야기들을 쓰기 위해 자유롭고 싶네. 단지 자유롭고 싶은 것이라네.

친애하는 대자, 프랑스어로 'charge'라는 말이 '직무' '직위' '위엄' 외에도 '부담' '중압감' '의무'를 뜻하게 된 것은 우연이 아니네. 간단히 말해 자네가 어렸을 적 배운 이솝 우화의 《늑대와 개》 이야기에서 개의 목에 묶인 끈에 비유할 수 있네.

그것은 또한 《매미와 개미》(La cigale et la fourmi: 우리나라에서는 《개미와 베짱이》로 알려져 있다)의 이야기와도 통하네. 젊은 시절의 한 친구는 머리를 설레설레 흔들며 나에게 "넌 매미처럼 너의 여름을 불사르는구나"라고 말하곤 했다네. 그는 내가 그런 세련된 멋쟁이의 삶을 오랫동안 계속하지는 못할 것이며, 이솝의 매미처럼 용의주도한 개미를 부러워할 그날이 오리라고 생각했던 것이네. 나는 앞으로 20년간 내게 무슨 일이 일어날지 모른다네. 어쩌면 힘든 노후를 보내게 될지도 모르지만 지금까지는 그 불길한 예측이 이루어지지 않았네. 나는 언제나처럼 자유로운 늑대이며, 노래하는 매미라네. 그리고 존재함에 기뻐하고 있다네. 만약 되돌릴 수 있다고 하더라도 나는 지금의 삶을 조금도 바꾸지 않을 것이네. 왜냐하면 내가 열여덟 살이었을 때 꿈꾸었던 바로 그 삶이기 때문이라네. 성인이 된 지금도 청년기 때 가졌던 거부 · 욕망 · 열정의 감정들을 그대로 지킬 수 있어서 기쁘다네. 그 점에 있어서 비겁함이나 간교함, 그리고 믿음의 부족으로 자신들의 운명을 부인하는 많은 사람들과 비교할 때 내가 스스로를 자랑스러워하는 것은 아주 당연하다네.

친애하는 대자, 《고백록》 제10권에 나오는 성 아우구스티누스의 멋진 외침을 자네가 기억하고 있다고 생각하네. "나의 신이시여, 제가 당신을 갈구할 때 그것은 행복한 삶을 갈구한다는 것입니다(Cum enim te Deum meum quaero, vitam teatam quaero)." 자네의 행복을 바라기 때문에 나는 자네 내부의 숭고함이 피어나는 걸 보고 싶은 것이라네.

교황주의자들에게도 그런 것이 있는지는 모르겠지만 신의 축복을 받은 우리의 성스러운 정교회에서는 신자가 수도사가 될 때 정신적 아버지가 새로운 이름을 주는데, 그 첫 글자는 그의 세례명의 첫 글자와 같네. **"이름이 예언이다(Nomen est omen)"** 라고 고대 로마인들이 말하곤 했지. 이름을 바꾸는 건 이전의 삶을 포기하는 것이네. 그것은 진정한 결별, 즉 훨씬 강도가 높은 결별을 의미하네. 뜻이 중복되므로 **abrupte**(거친, 가파른)라는 말은 쓰지 않겠네. 왜냐하면 이 '**abrupt**'라는 단어 역시 라틴어 동사 **rumpere**에서 파생된 말이기 때문이네. 그것은 연인이나 부부 관계의 해체가 주는 것보다 더욱 강한 해방의 의미를 담는다네.

어느 날, 항상 나를 보호해 준 신들(당연히 예수 그리스도가 우선이며 '크니도스와 파포스의 여왕' 비너스, 그리고 작가들을 돌봐 주는 아폴론이 있네)이 내가 수도사복을 입어야 한다고 결정하게 되면, 나는 나의 세례명을 버리고 그레고리나 조르주 · 게라심이라는 이름을 갖게 될 것이네. 그리고 동방 교회에서는 수도사가 가족의 성을 쓰지 않고 새로운 이름만으로 불려지기 때문에 작가인 나는 사실상 존재하지 않게 될 것이네. 그 누구도 몇몇 여자 청소년들만이 숭배하며 어른들은 경멸해 마지않는 그 작가와 겸손한 수도사 게라심 사이의 조그만 관련성도 밝혀내지 못할 것이네.

삭발은 세상과의 결별을 상징하며, 내가 오래전부터 에리히폰 스트로하임처럼 머리를 삭발해 온 걸 보면 나에게도 수도사의 자질이 상당히 있음을 알 수 있네. 머리카락에 대해 보쉬에가 한 말을 기억해 보게, "머리카락은 불필요한 찌꺼기이다."

친애하는 대자, 내가 고귀하고 성스러운 옷을 입게 될 때 그 의식에 자네가 참석해 주기를 바란다네.

"주 예수 그리스도여, 주의 종 게라심을 받아주소서. 세상에 대한 탐욕들을 버리고 주의 마음에 드는 산 제물로서 그 자신을 바치나이다."

이러한 결별은 자유롭게 이루어지네. 사제 예식에서 예식 집전자(주교나 수도원장이든)는 미래의 수도사에게 이렇게 말하네. "아무도 자네에게 사제복을 입으라고 강요하지 않느니라. 너는 전적으로 네 의지에 따라 고귀하고 성스러운 사제의 옷을 입기를 원하느니라."

그리고 '세상과 그곳의 모든 것에 대한 포기의 표시로서' 수도사가 삭발하는 순간이 오면, 예식을 집행하는 성직자는 그에게 세 번 말하네(자유롭게, 그리고 자신의 행동을 충분히 인식하며 수도사의 길을 선택했음을 확실하게 하기 위해). "이 가위를 집어 나에게 달라."

어린 시절 내가 세례받을 당시의 신부는 우의적으로 약간의 머리카락을 잘랐네. 세례받은 이들 각자는 잠재적으로 수도사인 셈이지. 자유로운 영혼을 가진 사람은 누구나 신으로부터 결별을 요청받는다네.

*많은 비난을 감수해야 하는 결별일수록 거기에서
자네가 얻는 것이 많아진다는 사실을 명심하게.*

　허영심에서 자식에 대한 기대가 지나친 부모에게 고등사범
학교에 갓 입학한 딸이 모든 것을 포기하고 그리스 군도에 있
는 한 섬의 수도원으로 들어가겠다고 말했을 때, 아니면 국립
행정학교에 잘 다니고 있던 아들이 느닷없이 자기는 공무원이
될 생각이 없으며 작가가 되기로 결심했다고 선언하면 부모들
은 아연실색할 것이네. 수녀와 시인이라니, 끔찍하지 않은가!

　어쩌면 이 잘난 체하는 부르주아 부모는 한 사악한 교주가
자식들에게 그들 앞에 보장된 멋진 미래를 포기하라고 부추겼
다거나, 혐오스러운 이단 종파가 그들의 머릿속에 그 괴상한 종
교와 문학의 길을 주입시켰다고 경찰에 고발하며 자식들을 되
찾게 도와 달라고 빌지도 모르네.

　그 부모들의 반대는 의사의 처방에 따라서, 아니면 매력적으
로 보이기 위해 음식을 절제하기로 결심한 사람이 겪는 반대와
같은 것이지만 훨씬 강도가 강하다고 볼 수 있네. 나는 20년도
더 전부터 나의 훌륭한 식이요법 스승인 크리스티앙 캉뷔자가
운영하는 활력센터에서 재충전의 시간을 가져왔네. 그곳에서

온천 요법을 하러 오는 많은 다양한 사람들과 이야기를 나누어 본 결과, 거의 모든 경우 자신의 문제를 되짚어 보고 지금까지의 생활 태도, 즉 삶의 방식을 바꾸기를 바라는 사람의 가장 나쁜 적은 가족이라는 결론에 도달했네. 싯다르타 왕자나 예수 그리스도처럼 나 역시 선천적으로 우리가 가족(하지만 '우리 가족' '우리 집'이라는 말 속에는 아주 조금이지만, 매력이 있긴 하네)이라 부르는 그 괴상망측한 제도를 좋게 보지 않는다네. 1975년부터 캉뷔자센터에서 내가 관찰해 온 것은 그러한 나의 확신을 더욱 강하게 해주었네. "아! 우리를 사랑하는 사람들의 소원이 우리의 바람과 반대되는 것이라니(O quam inimica nobis sunt vota nostrorum)!"(세네카, 《루킬리우스에게 보내는 편지》에서, 60:1)

'거대하고 뚱뚱하며 아주 친절한' 한 소녀(《딸을 시집 보내는 아를르캥이라는 노래》에 나오는 아를르캥의 딸 같은)의 모습은 그녀의 자매들에게도, 그녀의 어머니에게도 시기심을 불러일으키지 않네. 캉뷔자센터에서 치료를 끝낸 그녀는 매혹적이며 요정 같은 여인의 모습으로 가족들 앞에 다시 나타나지만, 그녀의 모습은 가족들을 불쾌하게 만든다네. 삶이라는 연극 속에서 모든 사람들은 사람들이 그녀에게 맡긴 역할에 충실할 때만 그녀를 좋아하는 것이네. 그녀가 다른 여자들의 경계심을 불러일으키지 않는 뚱뚱한 여자의 역할을 버리고 남자들이 뒤돌아볼 정도로 아름다운 젊은 여인의 역할을 할 수 있게 되는 순간부터 모든 것은 더 이상 전과 같지 않다네.

가정의 선량한 아버지의 경우도 마찬가지라네. 그의 이중 턱과 튀어나온 배, 그리고 숨 가빠하는 모습은 주위의 가까운 사람들, 특히 그의 아내를 안심시켜 준다네. 그런 그가, 내가 소설 《잃어버린 술에 취해》에서 은유적으로 성배(聖杯)라고 명명했던 기념비적인 장소에서 10년은 젊어진 세련된 얼굴과 날씬한 배, 그리고 아주 건강해 보이는 모습으로 다시 돌아와 아들의 예쁜 여자 친구들에게 추파를 던진다면 그 가정에는 공포가 찾아온 셈이 된다네. 이전의 나빴던 삶의 태도와의 멋진 결별은 다시 태어난 사람의 부인을 기쁘게 하기는커녕 그녀를 아주 불안하게 만드네. 수녀가 되기 위해 고등사범학교를 그만둔 딸의 부모처럼 그녀는 속고 빼앗긴 느낌을 받는다네. 앞에서 말한 그 남자가 나중에 다시 재활력을 위해 크리스티앙 캉뷔자센터로 돌아가려면 그때는 단순한 전술 이상의 것이 그에게 필요할 것이네. 그의 가족은 그를 만류하기 위해서라면 무엇이든(무엇이든 이라고 말했는데, 내 가장 친한 친구들 중 한 사람의 경우가 떠올라서 하는 말일세) 할 것이기 때문이야.

나만의 탈출 방식에 대해 일부 나의 독자들이 느끼는 노여움도 같은 성질의 것이라네. 나를 시기하는 비평가들이 나에 대해 늘어놓는 험담은 지나치게 긴 묘사라든지, 부적절한 비유, 잘못된 구문이나 극단적인 인물 설정, 틀린 문장 구성이나 엉성한 줄거리, 일관성 없는 대화, 또는 그외의 작법(작가의 감수성은 문체를 통해 구체적으로 표현되기 때문에 어떤 작품을 두고, 그에 대한 비평이 당당히 받아들여지는 것은 바로 작법과 관련해서일 때뿐이네)과 관련된 단점들이 아니라네.

이상한 것은, 내 책들에 쏟아지는 거센 비난의 대상은 나의 글쓰는 방식이 아니라 내 삶의 방식이라는 점이네. 내 삶은 금욕적이면서도 향락적이며 예기치 못하는 것이라네. 그런데 사람들은 당황스러운 일을 좋아하지 않는다네. 그렇기 때문에 사람들은 내 책에서 중요하게 다루어지는, 그러나 그들이 생각하기에 터무니없는(또는 우스꽝스러운) 식이요법에 대한 걱정이라든지, 체중에 대한 강박관념, 흐르는 시간과는 상관없이 여전히 사랑할 수 있고 사랑받을 수 있기 위한 아름다움과 건강에 대한 의지, 캉뷔자센터에서 내가 받는 치료와 수도원에서의 피정, 나의 젊은 애인들 그리고 수염을 기른 수도사들, 맛있는 음식에 대한 열정, 단식 습관, 동방으로의 도피 등을 비꼬는(조롱하는) 것일세. 그들에게 있어 나의 행동이란 부도덕하고 무의미하며, 파리에 사는 한 지식인으로서 해서는 안 된다고 생각하는 행동들의 총집산이네. 즉 성직자로서 배신 행위라는 것이지.

친애하는 대자, 기만하거나 충격을 주는 일에 내가 기쁨을 느낀다고는 생각하지 말게. 나 역시 고통에 대한 취미는 조금도 없으며, 나와 동시대에 사는 사람들에게 배척당하는 것은 나로서도 기분 좋은 일이 아니라네. 다른 모든 사람들처럼 나도 축하받고 사랑받고 싶다네. 그러나 칭찬을 초월할 줄 알아야 하는 상황들이 있네. 그리고 기묘하며 나르키소스처럼 자아 도취에 빠진 인간이라며 나를 비난하는 모든 사람들에게 나의 친구인 알랭 다니엘루가 자신의 책 《삶의 네 가지 의미》에서 한 다음의 단호한 주장을 들려주고 싶네. 이 책도 자네의 머리맡을 장식하고 있는 책들 사이에 잊지 말고 끼워넣어야 할 것이네.

"육체는 우리의 운명을 위한 도구다. 우리의 정신 체계, 정신

상태는 그것들을 보호하고 살찌우는 육체와 따로 떼어 생각할 수 없다. 우리가 어떤 방면에서든 성공하고 싶으면 우리의 몸을 돌보고, 소중히 하고, 만족시켜 주어야 한다. 살아 나가기에 건강하고, 힘차며, 만족스럽고 기분 좋은 육체는 인간의 자기실현을 위한 가장 훌륭한 수단이다.”

많은 비난을 감수해야 하는 결별일수록 거기에서 자네가 얻는 것이 많아진다는 사실을 명심하게. 사회는 그가 속한 사회에서 도망가려는 사람을 참지 못하며, 우리는 **결별**이라는 이 파괴적인 단어가 어원적으로 함축하는 격렬한 면도 살펴보았네. 그것이 이혼이든, 은퇴나 이별이든 간에 세상은 자네에게 양심의 가책을 강요하려 하고, 자네가 변절자라고 납득시키려 애쓸 것이네.

어떻게 보면 세상이 틀렸다고 볼 수만은 없네. 떠난다는 것, 그것은 버리는 것일세.

매번 자네가 여행 가방을 챙겨 기차나 배·비행기에 몸을 실을 때마다 수천 가지의 하찮은 일들, 한곳에 너무 오래 머무르게 될 때 삶이 우리에게 강요하는 소위 말하는 의무들에서 해방되는 것이네. 어디론가 자주 떠나서 자네를 쉽게 찾을 수 없도록 하라고 충고하는 것도 그런 이유 때문이라네. 사람들이 자네가 코르시카 섬에 있다고 생각할 때 베네치아에 가 있고, 파리에 있다고 생각할 때 마닐라에 가 있게. 항상 **다른 곳**에 가 있게나.

떠나는 것은 자네를 자유롭게 만들어 줄 것이네. 우선은 자네가 꼭 필요한 존재라는 착각에서 벗어나도록 해줄 것이네.

파리에서(자네는 파리에 살고 있으니까) 자네가 받는 우편물이나 전화, 초인종 소리, 업무상의 약속이나 데이트는 세계라는 기계가 작동하는 데 있어 자네는 필수적인 부품이며, 자네의 업무와 주위의 사람들이 자네 없이는 지낼 수 없을 거라는 느낌을 줄 것이네. 한두 달 정도 떠나 보게. 그러면 자네는 그런 것이 아님을 확인할 수 있을 것이야. 자네가 없어도 기계는 아주 잘 돌아가며, 자네가 없는 파리도 평상시와 똑같다는 사실을 알게 될 것이네. 그리고 훨씬 중요한 사실은 자네 역시 파리가 아닌 곳에서 멋지게 지낼 수 있다는 것을 깨닫게 된다는 것이네. 자유 · 겸손 · 통찰력을 갖추게.

인생의 경주가 끝날 때도 그러하며, 심지어는
그 끝에 다다르기 훨씬 더 전부터도 마찬가지라네.
숫총각들이 아니라 큰 죄인들이 훌륭한 수도사가 된다네.

아들의 죽음을 알게 된 아낙사고라스는 이렇게 외치네. "아들이 언젠가는 죽음을 맞이할 운명이라는 사실을 잘 알고 있었다!"

우리들 역시 그 사실을 알고 있네. 내가 자네에게 항상 씩씩하게 대처하라고 가르치는 것은 아무리 우리가 빨리 달리더라도 병의 고통이나 노화로 인한 쇠약, 그리고 운명의 여신 파르카가 우리들보다 더 빨리 달리며 결국은 우리를 따라잡을 것이라는 사실을 결코 몰라서가 아니라네.

우리가 그것을 잊기라도 한다면, 우리 존재를 구성하는 각각의 결별이 우리에게 그 사실을 다시 상기시켜 줄 것이네. 우리가 사랑했지만 우리의 인생에서 빠져나간 여인들, 죽은 친구들, 파괴된 소중한 장소들, 도둑이 훔쳐가 버린 소중한 물건들은 어느 날 우리 역시 하룻밤 꿈처럼 사라져 버릴 것임을 우리에게 상기시켜 주는 증거들이라네.

1982년 1월 내가 직접 목격한 해리슨 플라자의 화재와 1993

년 6월 세례 때의 십자가와 결혼 반지, 그리고 마리 엘리자베스와 마리 로랑스가 선물로 준 반지를 도둑맞은 사건은 나에게는 견디기 힘든 시련이었네. 해리슨 플라자는 재건되었지만, 키릴 문자로 타티아나와 내 이름, 그리고 우리의 결혼 기념일이 새겨진 결혼 반지와 마리 엘리자베스와 마리 로랑스가 플로렌스에서 사다 준 사파이어가 박힌 금반지는 영원히 찾지 못할 것이야. 1974년 7월, 런던의 빅토리아와 앨버트 박물관에 소장된 바이런과 그의 아내의 결혼 반지들을 보았네. 타티아나는 틀림없이 결혼 반지를 쓰레기통에 던져 버렸을 테고, 내 것은 도둑을 맞았으니, 그 반지들이 진열대에 놓여지는 모습은 영원히 볼 수 없을 것이네.

만일 앞에서 예를 든 것처럼 소중한 물건들의 분실로 인한 슬픔에 자네가 무심해지고 싶다면 참고 받아들이는 훈련을 하는 것, 애착과 재산의 덧없음을 깨닫는 것, 자네가 좋아하는 모든 사람과 물건들은 자네를 떠나 재로 변하게 된다는 것 등을 일생 동안 배워야 하네.

유쾌하게 연회장으로 들어가서 감사하는 마음으로 열심히 자네에게 주어진 쾌락들을 즐기게. 비록 '배불리 먹은 손님'(ut plenus conviva; 루크레티우스, 《사물의 본성에 관하여》, 3:938)처럼 곧 그곳에서 나와야 한다는 사실을 알고 있지만 말이야.

자네에게 읽어보라고 권한 올덴버그의 책을 보면, 나라다(Nârada)라는 이름의 승려가 아내의 죽음을 슬퍼하는 문다 왕을 위로하기 위해 한 얘기가 나오네.

"마라(Mara: 죽음의 신)도, 브라흐마(Brahma: 창조의 신이며,

유지의 신 비슈누와 파괴의 신 시바와 함께 힌두교 3대신)도, 어떤 브라만 승려도, 세상에 있는 그 어떤 존재도 할 수 없는 다섯 가지가 있습니다. 그 다섯 가지란 늙어감이 당연한 이가 늙지 않도록 바라는 것, 병에 걸리도록 예정된 이가 아프지 않기를 바라는 것, 정해진 죽음을 피하려고 하는 것, 예정된 파멸을 피하려는 것, 일어나게 될 일을 일어나지 않도록 막으려는 것입니다."

항상 존재하는 것이 아무런 예고도 없이 **결코 존재하지 않는 것**으로 바뀌는 순간은 필연적으로 온다네. 부처도 예수도 스토아 철학자들도 그렇게 가르치며, 상식 있는 사람이면 누구나 이 점에 대해서 그들과 의견을 같이하네. 하지만 친애하는 대자, 그것으로부터 그들이 이끌어 내는 비슷한 결론들은 제발 받아들이지 말게. 나에게는 그 결론이 혐오스러운 궤변으로만 보이기 때문이네.

죽음은 끊어야 할 관계가 남아 있는 이들에게나 괴로울 뿐이며, 따라서 이 세상을 떠날 때쯤에는 더 이상 잃을 것이 없는 상태여야 한다는 그들의 말은 나를 설득하지 못하네.

내가 맺은 여자들과의 관계가 죽음과 함께 끊어지는 것은 확실하네. 그렇다고 여자들과의 관계를 미리부터 포기할 필요가 있을까? 일시적이며 증명되지 않을 관계들이기 때문이라고 말일세. 만일 그렇다면 예술 작품이나 의학적 발견, 인간이 이룬 모든 업적들에 대해서도 똑같이 말할 수 있을 것이네. 어차피 죽을 거라면 새로운 치료약을 찾아서 무엇하겠는가? 어느 날이 지구가 산산조각나서 형체도 없이 사라지면 도서관·박물

관, 인간의 모든 사취들까지도 함께 사라질 텐데 책을 쓰고 그림을 그려서 무엇하겠는가?

나는 운동장에서 뛰노는 아이들에게 이렇게 말할 필요는 없다고 생각하네. "어차피 15분 후에 수업종이 울리면 교실로 돌아가야 하는데 놀아서 뭐해? 놀지 마! 너무 신나게 놀면 공부하기가 더 싫잖아." 아이들은 내게 코웃음칠 것이고, 그들이 옳은지도 모른다네. 불교나 스토아학파, 그리고 기독교 학자들이 각각 그들의 방식으로 우리에게 설득하려고 애쓰는 것은 모든 열정은 고통의 원천이며 그 고통에서 해방되려면 열정을 포기해야 한다는 것, 우리에게서 사랑하는 것을 앗아가는 죽음의 격렬함은 우리의 욕망들을 성가신 것으로 만든다는 것, 소중한 것을 빼앗기지 않으려는 우리의 마음이 고뇌와 번민을 불러일으킨다는 것이네.

그들의 생각과는 반대로 나는 휴식 시간이 짧은 것, 즉 신이 이 땅에서 우리에게 부여하는 시간이 짧은 것은 그 시간을 충분히 즐기며, 매분, 아니 매초마다 그 시간을 음미하라는 의무를 주는 것이라고 생각하네.

친애하는 대자, 내 생각으로는 시간을 잘 사용하는 것이란 열정을 포기하는 것이 아니라 그것을 충족시키는 데 있네. 인생이라는 길의 끝에 우리가 다다르고, 우리에게 용서의 문이 열릴 때, 허기진 배보다는 포식한 상태가 훨씬 마음을 차분하게 만들어 준다고 확신하네. "저는 배불리 잘 먹고 마셨습니다. 제 배는 아주 팽팽합니다. 예수님, 고맙습니다!"

거의 비슷한 말들로 어찌할 수 없는 정열의 지배에 맞서 싸울 것을 호소하는 부처와 순교자 성 막시무스는 내 생각을 탐탁해하지 않겠지만, 나는 세상과 여자들을 두루 섭렵한 남자가 이 땅에서의 그의 인생이라는 경주가 끝날 때쯤, 자신을 괴롭히는 욕망들을 일생 동안 자제해 온 남자보다 덜 평화롭다고는 생각하지 않는다네.

인생의 경주가 끝날 때도 그러하며, 심지어는 그 끝에 다다르기 훨씬 더 전부터도 마찬가지라네. 숫총각들이 아니라 큰 죄인들이 훌륭한 수도사가 된다네.

죽음의 침대 위에서(침대에서 죽을 운명이라고 가정하세), 즐거웠던 인생을 회고하며 나는 신이 나에게 부여한 시간을 잘 활용했다는 안도의 확신으로 고무될 것이며, 작품을 끝낸 장인의 기분이 들 것이야. 두려움도 후회도 없이 나는 《눈크 디미티스》를 노래할 것이네. "주여 이제는 말씀하신 대로 당신의 종을 평안히 보내 주소서."

솔직히 말해서, 실제로 식사는 하지 않고 그 음식 냄새만 맡은 사람들의 경우도 그러하리라고는 생각하지 않네.

불행한 인생이 행복한 인생보다 단념하기가 더 쉽다고 주장하는 것은, 의사가 환자에게 왼쪽 눈이 더 잘 보이려면 오른쪽 눈을 도려내야 한다고 주장하는 것과 똑같은 농담이라네.

몰리에르의 작품과 꼭 들어맞는 상황인데 놀랍게도 보쉬에의 작품에서도 읽을 수가 있네. 보쉬에는 그 누구보다도 심각하게 성서에 나오는 아각 왕의 이야기를 예로 들며 아각 왕을 쾌락을 추구하는 사람(Agag Pinguissimus)으로 묘사하고 있는데, 이 왕은 그렇게 달콤하다고만 여겼던 인생을 잃어버리게 되는 순간이 오자 가슴 저 밑바닥에서 나오는 탄식을 내뱉었네. "죽음이란 이렇듯 가혹하게 모든 것을 갈라놓는단 말인가?"

보쉬에는 자세히 밝히기를 조심스러워했지만, 우리는 부이에의 《역사와 지리 백과사전》을 통해 아말렉의 그 불행한 아각 왕이 사뮈엘에 의해 길갈(Galgala)에서 산산이 찢겨(원문의 표현대로) 죽었음을 알 수 있네. 사뮈엘은 여호와의 잔인한 숭배자로서 사울이 아말렉 사람들을 불쌍히 여겨 "이제 가서 아말렉을 쳐라. 아무도 살려두지 마라. 남자도 여자도 어린이도 갓난아이도, 소와 양, 낙타와 당나귀까지 모두 전멸시켜라"고 명령한 여호와의 말을 그대로 따르지 않았다고 꾸짖었다 하네.

우리들 중에 그 누구라도, 아무리 용감한 사람이라 해도 절단기에 잘려 죽어야 한다면 죽음이란 쓰라린 것이라고 생각할 것이네. 그리고 만일 아각 왕이 다른 두 명의 쾌락 추구자들(pinguissimi)인 사르다나팔 왕과 페트론(고대 로마의 작가)의 경우처럼 좀더 우아하고 달콤하며, 합리적인 방법으로 죽음을 맞이할 수 있었다면 그는 한탄하지 않고 무의 세계로 들어갔었을 것이라고 믿네.

친애하는 대자, 최고 심판관 앞에 서게 되는 날, 죽음이 자네에게서 앗아가는 모든 즐거움에 대해 생각하며 괴로운 심정이 되더라도 자네는 근위기병이며, 그렇지. 아토스와 아라미스의 제자라는 것을 명심하게. 크레브쾨르에서 아라마스가 발표하려고 선택한 논문의 주제를 생각해 보게.

"이보게 달타냥, 지금 말하는 문장에 대해 자네의 의견을 말해 주지 않겠나? Non inutile est desiderium in oblatione, 즉 주님에게 바치는 것 중에 약간의 후회는 허용되어 있다는 것인데……."

예수회 수도사가 두 팔을 위로 올렸으며, 주임 신부도 똑같이 했다.

아라미스가 다시 말했다. "적어도 우리가 불쾌하게 여기고 있는 것만을 신께 바치는 것이 부당하다는 것은 인정하시죠!" "달타냥, 그렇지 않은가?"

"그거야 그렇고말고요!" 달타냥이 외쳤다.

수도사와 주임 신부가 앉아 있던 자리에서 벌떡 일어났다.

영원한 결별을 앞두고 살 시간이 한 시간밖에 남지 않은 사람은 스스로 존재의 기쁨을 상실했기 때문에 절망의 심연 속으로 더 빨리 빠져들 위험이 있다네. 가로채인다는 것은 "당연하게 여기던 것, 바라던 것을 빼앗긴다"는 것일세. 리트레는 라신의 《이피제니》에 나오는 다음의 시구들을 이용해 그에 대한 정의를 내리고 있네.

하오니 누가 알리오. 자기네 제물(祭物)을 가로채인 그리스인들이 정당한 분노로 무슨 일을 저지를지를?

바로 가로채이는 것에 대한 정당성을 부여하고 있네. 내 말을 믿게나. 그 어떤 빼앗김도 쓰라린 감정을 주지 않는다면 자네는 이승 세계에서의 즐거움들과 더불어 결별도 훨씬 더 편안하게 받아들이게 될 것이네.

친애하는 대자, 다음에 나오는 사도 바울의 말을 내가 얼마나 찬미하는지 자네는 알고 있네. 결별을 이보다 더 아름답게 표현한 말은 없으며, 거기에는 결별의 돌이킬 수 없는 갑작스러움과 그것에 대비해야 하는 필연성이 아주 잘 나타나 있다네. 그는 이렇게 말했네. "주님의 날은 도둑처럼 갑자기 올 것입니다." 이 말에 대해 사람은 자신의 죽음의 시간과 그 방식에 대해 알지 못한다고 주석을 단 신학자들의 생각은 옳았네. 죽음이 30년 뒤에 올지, 당장 내일로 다가올지, 예고와 함께 찾아올지, 느닷없이 닥칠지, 밤이 될지 낮이 될지, 병으로 죽을지 사고를 당할지 전혀 모른다는 것일세. 그러나 그들이 우리는 "항상 죽음의 순간을 두려운 마음으로 맞이해야 한다"고 말한 것은 틀렸다네. 나는 니콜의 저서 《죽음의 네 가지 유형》에서도 같은 말을 읽고 실망했네.

나는 이런 식으로 사람들에게 공포심을 일으키는 것을 좋아하지 않으며, 그들이 항상 불안해하는 것을 원치 않네. 그것은 잘못되었으며, 틀린 견해라고 생각하네. 어느 날 우리가 존재하기를 멈춰 버리는 날에도 봄은 다시 찾아올 것이며, 태양은 빛날 것이고, 보드랍고 금빛의 피부에 천사 같은 얼굴을 한 청소년들이 우리의 책을 읽겠지만, 우리는 더 이상 존재하지 않기 때문에 그 사실을 기뻐할 수 없다는 생각만으로도 이미 의기소침하기에 충분하네. 거기에 다른 설명을 덧붙일 필요는 전혀 없네!

지옥에 관해 니콜이 "신으로부터 버림받은 사람들이 육체적으로 느낄 무시무시한 고통이며, 동시에 그들의 영혼이 받을 정신적 고통"*이라고 쓴 것을 읽고 난 뒤, 나는 고통의 나날들에 대해 나에게 동조하는 루크레티우스의 관대한 위로의 말로 성 아우구스티누스학파가 주는 공포를 씻어내고 싶어졌네. 루크레티우스의 저서 《사물의 본성에 관하여》, 특히 제3권에 나오는 얘기들은 내 '영혼에서 공포와 암흑을' (3:91) 몰아내도록 도와 주었네.

다시 말해 죽음에 대한 두려움은 신앙을 갖고 있느냐 없느냐와는 거의 상관이 없다는 것이네. 신앙심이 강한 사람들에게나 무신론자들에게나 죽음에 대한 생각은 억누를 수 없는 두려움을 준다는 사실을 알고 있네.

우리 미리 약속하세. 친애하는 대자, 나 역시 너그럽고 싶으며, 우리의 수도원장들을 기쁘게 해주기 위해서라도 관능적 기쁨에 대한 무관심이 우리가 다른 세계로 통과하는 것을 쉽게 해준다는 것을 인정하고 싶네. 그렇지만 죄악의 쾌락을 절제한다고 해서 우리가 사랑하는 이들이 다른 세계로 가버리는 것을 견디도록 도와 준다고는 생각지 않는다네. 우리 자신의 죽음, 그것은 하나의 평범한 일이네. 그러나 우리의 친구들의 죽음에 대해선 어떻게 생각하는가?

무덤 속에 드러누워 있는 아주 소중한 친구는 자네를 배신하는 여자와의 결별보다 더 고통스러운 것을 의미하네. 이 두 결별은 죽음에 비유할 수 있네. 그러나 사악한 여인(puella scele-

---

* Nicole, 《죽음의 네 가지 유형 Des quatre dernières fins de l'homme》, 제2권, 6장.

rata)의 태도에서 자네가 느끼는 환멸감은 그녀의 부재를 위로해 주네. 반면 한번도 자네를 힘들게 한 적도 없고 배신한 적도 없는 친구의 사라짐은 자네에게 위안받을 수 없는 슬픔을 안겨 준다네.

자네를 버린 여인들은 더 이상 자네와 연락을 취하지 않으며, 살아 있는지조차도 모르게 소식을 끊어 버린다네. 어쩌면 결혼해서 한 가정의 어머니가 되어 있을 수도 있고, 어쩌면 죽었기 때문에 자네가 전혀 그 소식을 알 길이 없었을 수도 있네. 그래, 아마 죽었을 것이야. 예전에 자네의 몸에 느껴지던 그녀들의 부드럽고 따뜻한 몸이 이제는 차가운 관 속에서 악취를 풍기며 썩어가고 있을지도 모르네. 어쨌든 자네에게는 그녀들이 죽은 게 잘된 일이네. 다른 이의 부인이 되었다는 것은 송장이 된 거나 마찬가지라네. 이제부터 그녀들은 자네가 쓴 글 속에서만 살아 있게 된다네.

오, 아름다운 연인이여! 당신께 입맞춤을 퍼부을
벌레에게 말해 주오.
나의 사랑은 썩어 없어져도
그 형태와 성스러운 본질은 간직하고 있다고!

게다가 친애하는 대자, 많은 여인들과 결별을 경험하게 되면 사랑의 아픔이란 서로 겹쳐지기 마련이라 나중에는 많은 얼굴·목소리·피부·향기·애무들이 서로 뒤섞여 어떤 집합체를 이루게 됨을 알게 될 것이네. 자네는 향수에 젖네. 그러나 과연 자네가 아쉬움을 느끼는 대상은 마리 로랑스일까, 마리 아그네스일까, 아니면 마리 파스칼일까, 마리 로르일까, 마리 아일까? 자네 자신도 잘 모를 것이야. 그리고 자네의 고통도 수많은 이름들 사이에서 나누어지고, 수많은 여인들로 인해 흩어져서 그 강도를 잃어버리게 된다네……

우정의 경우는 사정이 전혀 다르네. 우리의 죽은 친구들은 아무리 오랜 시간이 흘렀다 해도 겹쳐지지도 혼동되지도 않는다네. 그들은 각자 특별하고 유일한 방식으로 그립다네. 그들은 영원히 그 누구도 대신할 수 없는 존재들이라네.

내가 자네에게 글로 남기라는 것도 바로 그 때문일세. 펜·잉크 그리고 하얀 여백은 자네가 날이 가고 해가 가는 것에 더욱 민감하게 느끼도록 해주며, 죽은 친구들도 쉽게 잊지 않도록 해줄 것이네. 우리는 유흥과 새로운 만남들에 도취되어 친구도 잊고 세월의 흐름도 잊은 채 지나쳤다네. 보통 사람은 하루가 가면 또 하루가 이어지는 나날들의 기만적인 유사함에 안심한 채 치료약 없는 그 허무함을 잘 알아차리지 못한다네. 일시적인 것을 고정적인 것으로 만드는 것, 시간의 무상함을 극복하는 것, 죽은 사람들을 다시 살리는 것은 예술가의 몫이라네.

빅토르 위고가 《올림피오의 슬픔》에서 여자에 대해 던졌던 엄격한 비난을 기억해 보게.

그렇게 빨리 그 모든 것을 잊어버리다니!
고요한 영혼을 가진 여자여, 어떻게 그렇게 잊을 수가 있소!
우리를 이어 주던 그 신비한 마음의 실을 어떻게 잘라 버릴 수가 있는 거요!

위고는 가끔 바보 같은 글을 쓰기도 했는데, 그를 비방하는 사람들은 그것을 놓치지 않고 지겹도록 헐뜯었네. 하지만 그는 여기서 진실을 말하고 있네. 여자는 배은망덕하고 바보이며, 사랑의 추억을 잊고, 지우고, 파괴까지도 서슴지 않으며 과거를 청산한다네. 여자는 결별의 여왕이라네. 작가는 여자와 정반대이며, 아폴론이 그에게 맡긴 일은 정확하게 그 말없고 무관심한 계집을 격파하라는 것이네.

기억만이 욕망을 가능하게 하네. 나는 자네가 욕망을 아는 남자이기를 바라기 때문에 자네에게 기억을 간직하는 남자가 되라고 요구하는 것이네. 사라진 행복, 잃어버린 순수에 대해 기억하며, 천국과도 같았던 나날들을 회상하게. 지옥 같은 경험에 대한 기억까지도 말일세. 아무것도 잊지 말고 모든 것을 기록하게. 자네는(위고 할아버지처럼 생각하세) 카인인 동시에 무덤 속에서 그를 지켜보는 눈이 되어야 하네.

후손들이 내 책들에 대해 무엇이라고 평가할지 나는 모른다네. 내가 확신하는 건 그 책들이 기억과 시간에 관한 것들이라는 것과, 작가로서의 나의 모든 작업을 대신하는 명구로서 성 아우구스티누스가 자신의 《고백록》(10:21)에서 말한 다음의 문장을 선택하리라는 것일세. "Nam gaudium meum etiam tristis memini sicut vitam beatam miser." 아르노 당딜은 이렇게 번역했네. "나는 여전히 슬프지만 지나간 기쁨을 기억하며, 여전히 비참하지만 행복했던 인생을 기억한다."

불행한 인생이 행복한 인생보다 단념하기가
더 쉽다고 주장하는 것은, 의사가 환자에게
왼쪽 눈이 더 잘 보이려면 오른쪽 눈을 도려내야 한다고
주장하는 것과 똑같은 농담이라네.

우리의 마음을 훼손하며 메마르게 하는 결별들이 있네. 그러나 그러한 결별들 때문에 우리 마음의 짐을 덜어 주며, 새 사람이 되게 하는 결별들을 외면해서는 안 된다네.

플루타르코스의 저서 《유배에 대하여》에 스토아학파의 창시자 제논의 이야기가 나오네. 그에게 남아 있던 마지막 배마저 풍랑을 만나 화물과 함께 침몰했다는 소식에 그는 이렇게 외쳤다네. "오 운명의 여신이여, 저를 철학자의 외투와 삶으로 돌려보내 주셔서 감사합니다!"

친애하는 대자, 이 멋진 말을 들으니 누가 생각나지 않는가? 싯다르타 왕자는 모든 부귀영화를 포기하고 떠돌이 승려의 오렌지색 승복과 지팡이를 선택한다네.

석가는 어떤 이들의 도래를 예언한 것일까? 바로 사막의 교부들처럼 무소유와 풍요를 위한 결별을 행한 위대한 거장들의 출현이라네.

나는 책을 사랑하며, 이미 나의 완벽한 서가를 채우고 있는 책에 관한 이야기도 하나 썼다네.* 우리의 영혼을 자라게 하는 서가가 있다는 것이 좋은 것이긴 하지만 그것 없이도 지낼 수 있다면 더 낫다네. 《사막 교부들의 금언집》에 그것과 관련한 이야기가 나오네.

"테오도르 드 페르메 사제에게는 세 권의 귀한 책이 있었다. 그는 마케르 사제를 찾아가서 이렇게 말했다. '마음의 평화를 가져다 주는 책을 세 권 가지고 있습니다. 형제들이 그 책을 읽게 빌려 달라고 하는데 그들도 저처럼 위안을 받을 것입니다. 제가 어떻게 하면 좋겠습니까?' 그 고참 신부가 대답했다. '책을 읽는다는 건 좋은 것이오. 하지만 가장 좋은 건 아무것도 소유하지 않는 것이라오.' 이 말을 들은 테오도르 사제는 그 책들을 팔아서 돈을 가난한 사람들에게 나누어 주었다."

자네를 위해 이 성스러운 책을 펼친 이상 다시 덮기 전에 다음의 충격적인 단락을 하나 더 인용하겠네. 어떻게 보면 결별에 대해 자네가 알고 있었던 중요한 사실을 요약하는 내용이기도 하네.

"한 수사가 고참에게 물었다. '어떻게 하면 구원받을 수 있나요?' 고참은 기도복을 벗어 허리에 졸라매고는 하늘을 향해 두 팔을 뻗으며 이렇게 말했다. "수도사가 되는 것이다. 물질적인 것에 아무 욕심도 가지지 않으며, 이 세상의 온갖 유혹과 시련을 견뎌내는 거지."

---

* 《스승과 동지 *Maîtres et complices*》, 파리, 1994.

자네는 수도사의 길이 구원받는 길이라는 것에 대해 나에게 이의를 제기할지도 모르겠네. 그럴 수 있네. 하지만 우리가 세례를 받을 때 신부가 자른 머리카락의 의미는 우리 모두 수도사가 되라고 요청하는 것, 즉 세상과 결별함으로써 억압으로부터 해방되는 존재들과 같은 삶을 살라는 것임을 앞에서 살펴보았네.

과거의 삶과 결별하며 새로운 삶을 시작하는 표시로서의 삭발 의식은 기독교에서 유래된 것이 아니라네. 그 증거로 승려들의 빡빡 깎은 머리(《티베트에 간 탱탱》에 등장하는 푸드르 베니의 머리를 떠올리게!)와 〈신명기〉(21:10-12)에 나오는 흥미로운 한 구절을 들 수 있네. 친애하는 대자, 어쩌면 자네가 알고 있는 구절인지도 모르네. 〈신명기〉는 《구약성서》를 구성하는 책들의 하나이며, 그 내용은 다음과 같네.

"너의 적들과 전쟁을 할 때 너의 신, 주께서 그들을 너의 손으로 넘기시니 너는 그들을 포로로 만들 것이니라. 만일 자네가 그들 가운데에서 한 아름다운 여인에게 반하여 결혼하기를 원한다면, 그녀를 너의 집으로 데리고 갈지니라. 여자는 머리를 삭발하고 손톱을 자르며 포로로 잡힐 당시 입고 있던 옷도 벗을 것이니라. 그리고 너의 집에 머물며 한 달간 자신의 아버지와 어머니를 생각하며 울 것이니라. 그후에 너는 그녀를 맞이할 것이니라. 너는 여자의 남편이 되고, 여자는 너의 아내가 될 것이니라."

재미있는 이야기이네만 이와 관련하여 성 프란치스코 살레시오가 자신의 저서 《헌신적 삶의 입문》에서 언급하고 있는 내용이 훨씬 더 중요하네.

"지나가 버린 과거의 불필요한 행동들을 우리의 양심으로부터 잘라내기 위해 단호한 조치를 취해야 한다. 이국의 여자가 유대인과 결혼하려면 포로로 잡힐 당시 입고 있던 옷을 벗어야 했으며, 손톱을 자르고 머리를 삭발해야 했다. 하느님의 아들의 배우자가 되고 싶은 영혼은 원죄에서 벗어나 '묵은 인간을 버리고 정신을 영적으로 새롭게 하며 창조된 새로운 인간을 입어야'(《에베소서》, 4:22-24) 하며, 그리고 신의 사랑을 방해하는 온갖 장애들을 잘라내고 없애야 한다. 몸속의 불순물들을 제거하는 것이 우리의 건강을 위한 시작이다."

얼마나 정확하고 멋진 표현인가! 친애하는 대자, 자네는 이제 운명이 주는 상처로부터 자신을 지킬 갑옷을 갖춘 셈이네. 어떤 결별이 아무리 고통스럽다고 해도(예를 들어 사랑하지만 부정한 연인과 결별해야 할 때), 자네는 그것을 곧 다시 건강해지기 위해 필요한 불순물의 정화 과정일 뿐이라고 생각하면 되네.

한때는 죽어 버렸으면 하고 바랐던 전애인들!
그녀들은 이제부터 불멸의 몸이 된다네.
그녀들의 심장은 멈추지 않고 영원히 박동할 것이네.

페르네티 거리에 있는 도량(道場)에서 좌선(坐禪)을 배우던 시절, 우리를 지도해 주던 일본인 다이센 데시마루 스님이 부처의 깨달음을 얻고자 했던 한 남자의 이야기를 해주었네. 그는 한 사원으로 가서 문을 두드렸다네. 그 사원의 주지승은 대답 대신에 쾅 하고 문을 닫았고, 얼마나 세게 닫았는지 그 남자의 팔이 부러졌다네. "그 순간 그는 **사토리**(satori), 즉 깨달음을 얻게 된 거야." 데시마루 스님은 우레 같은 웃음을 터트리며 말을 끝냈네.

친애하는 대자, 나는 자네를 문전박대하지 않으며 결별에 관한 나의 교육이 자네에게 도움이 되기를 바라네. 하지만 그렇다고 해서 결별로 인한 개인적인 고통을 피할 수 있다고는 생각하지 말게. 그것이 바로 앞에서 예로 든 선(禪)의 교훈적인 이야기의 의미라네. 자네는 조각가인 동시에 조각가가 다듬는 대리석이기도 하네. 자네는 자유롭네. 자네가 바로 자신의 창조자인 셈이야.

내가 자네에게 가야 할 길을 지시한다는 느낌을 받을 수 있겠지만, 자네는 모든 길을 다 갈 수 있음을 알아두게. 정절의 길과 쾌락의 길, 결혼의 길과 수도사의 길이 있네. 물의 길과 포도주의 길도 있으며, 인생을 긍정하거나 부정하는 것도 하나의 길이라네. 자네의 길을 찾는 건 자네에게, 오로지 자네 스스로에게 달려 있다네.

따라 할 만한 본보기란 건 없네. 《그리스도를 본받아》라는 유명한 제목의 책이 있기는 하지만 애매한 면이 있다네. 자네는 예수나 부처, 에피쿠로스, 그 누구도 모방해서는 안 되네. 그들이 남긴 말 속에서 자네를 강하게 만들어 줄 마법의 음료나, 아직은 존재하지 않지만 앞으로 다가올 자네의 인생을 밝혀 줄 빛과 같은 것을 끌어내게. 그 미래는 아무것도 씌어지지 않은 페이지이며, 펜을 잡고 있는 것은 자네라네. 매일매일 여백을 메워 나가는 것은 바로 자네의 몫일세.

그외에 위인들의 말은 절대 폐쇄적이지 않다는 것을 알아두게. 그것은 상황에 **얽매이지** 않으며, 자네를 **얽매지도** 않는다네. 자네는 항상 모든 가능성이 만나는 교차로에 있게 되는 것이야.

자네는 수도사 친구들과 자유분방한 친구들을 갖게 될 것이네. 때로는 음식을 절제하고, 때로는 미식을 즐길 것이네. 그리고 금식의 이점을 찬양하게 될 때쯤이면 마늘과 샹베르탱-클로 드 베즈 포도주로 요리한 양의 넓적다리 요리의 맛을 찬양할 때만큼 자네는 자신에게 성실하게 되고, 자신과 하나가 될 것이네. 결별의 경험을 하기 전에 우선 인생의 경험을 해봐야 하기 때문에 나는 자네에게 가능한 다양한 직업들을 가져 보라고 당부하네.

자네는 다음에 나오는 바이런의 절규를 기억할 것이네. "라로슈푸코, 지옥에나 떨어져라. 왜 그의 생각은 항상 옳단 말인가!" 그러나 라로슈푸코가 다음과 같은 말을 했을 때도 옳았는지는 의심이 가네. 그는 디오게네스가 방해자라는 존재를 만들어 냈으며, 폼포니우스 아티쿠스[로마 문학가이자 키케로의 문우]는 게으름뱅이들을, 알렉산드로스 대왕은 허풍선이들을, 알키비아데스[아테네의 정치가, 군인]와 안토니우스는 난봉꾼들을, 키케로는 수다쟁이들을 만들어 냈다고 지적했다네.

그 누구도 본보기가 될 만한 사람은 없네. 그 누구도 자네만의 열정과 고통·결별을 줄여 주지 못할 것이기 때문이야. 그리스도가 우리를 위해 죽었다는 것은 자네도 교리 문답 시간에 배웠네. 그러나 그것은 그리스도가 자네의 십자가를 대신 짊어지고, 게세마네의 밤을 대신 보내며, 자네 대신 골고다 언덕 위로 올라간다는 것을 의미하지는 않는다네.

플루타르코스는 저서 《10명의 웅변가의 생애》에서 안티폰[아테네의 연설가]이 코린트에 살던 시절 "의사들에게는 육체의 병을 고치는 기술이 있듯이" 그 자신도 영혼의 슬픔을 위한 치료 체계를 세우기로 결심했던 이야기를 적고 있네. 안티폰은 집을 한 채 지어 "마음의 고통을 겪는 사람들을 대화로 치유해 드립니다"라고 써붙였네.

거기에 대해 플루타르코스는 이렇게 덧붙였네. "그는 그 고통의 원인들을 알았으며, 위로의 말들로 사람들의 불행한 마음을 가라앉혀 주었다."

내가 자네에게 들려주는 훌륭한 정신적 교훈들이, 자네가 결별을 아무 걱정 없이 유쾌한 마음으로 견뎌 나가도록 도와 줄 수 있다고 자신한다면 나는 오만한 사람일 것이네. 영혼을 치유하는 데 있어서 나는 아가톤〔그리스의 비극 시인〕만큼 능숙한 의사가 못 되기 때문일세. 결별을 힘들지 않게 견딘다면 그건 바로 신들 덕택이네.

자네에게 진심을 얘기하자면, 나는 아가톤이 사용한 방법의 효과에 대해서 거의 믿지 않는다네. 그보다는 호라티우스(카사노바와 바이런이 특히 좋아하는 고대 로마의 시인)의 방법이 마음에 드네. 그는 이렇게 말했네. "주피터 신에게는 그가 줄 수 있고 도로 앗아갈 수도 있는 생명과 부를 청원하는 것만으로도 충분하다. 영혼의 평화를 갈구한다면 나에게 그것을 줄 수 있는 것은 나 자신이다."(《서간시》 1권, 18)

나는 호라티우스의 방식이 낫다고 생각하지만 그것도 만족스럽지는 못하네. 그의 방식 역시 약간 과장된 것 같은 생각이 든다네. 친애하는 대자, 자네는 호라티우스처럼 에피쿠로스를 읽어보았고, 그뿐 아니라 예수 그리스도의 이야기도 읽었으니까 자신만 믿으며 의지력을 과대 평가하는 무신앙자의 잘못은 저지르지 않을 것이네. 자네는 하늘에서 그리스도와 자네가 함께 신을 모시는 것처럼 이 땅에서는 신이 자네와 협력한다는 것을 알고 있네. 그것이 바로 신학자들이 신인 협력이라 부르는 것이네.

신인 협력! 현대인들은 그것을 거의 믿지 않는다네. 신은 너무 오래전부터 침묵하고 있네. 인간들은 그가 없이도 지낼 수 있다는 것을 알았으며, 이제는 그들의 과학과 그들의 힘만 믿는다네. 신이 아담을 낙원에서 쫓아낸 것처럼 이번에는 우리가 신화의 하늘로 신을 돌려보내고, 창조와 행위라는 중대한 일을 우리 스스로에게 부여하며 이 땅에서 그를 쫓아냈네. 신앙인이면서도 불가지론자(不可知論者)인 오늘날의 우리는 모두 펠라기우스파(派) 사람들〔인간은 자유 의지와 본성적 능력에 의해 구원과 완성에 이를 수 있다고 주장〕이라네. 현대는 펠라기우스적인 세계라네.

친애하는 대자, 겸손하며 공손한 태도를 유지하게. 마음이 찢어질 듯이 아픈 결별의 순간에 자네의 정신적 아버지가 주는 충고나 성상 앞에서 타고 있는 촛불, 교회에 울려퍼지는 노래가 자네를 구원해 줄 수 있다면 그것들을 무시하지 말게. 거센 파도에 흔들리는 배와 익사 직전에 베드로가 절망적으로 외치는 "주님, 살려주십시오!" 그리고 그에게 예수가 내미는 구원의 손에 대해 생각해 보게. 구세주는 자네에게도 손을 내밀어 주네. 그 손을 밀어내지 말게.

아폴론의 도움에 대해서도 무시하지 말게. 파리의, 현재는 라탱 지구라 불리는 지역에 살던 시절, 젊은 율리아누스 황제(배교자로 불림)는 항상 메르쿠리우스〔그리스 신화에 나오는 전령(傳令)의 신 헤르메스에 해당, 로마에서는 상업의 신으로 여겨진다〕에게 무릎을 꿇고 기도한 후에야 일을 시작했다네. 자네가 기도를 바쳐야 하는 대상은 아폴론과 뮤즈 여신들이라네.

"인간의 생애는 풀에 비유할 수 있다. 그는 들판의 꽃처럼 피어났다가, 한번 바람이 지나가고 나면 더 이상 존재하지 않는 다"라며 다윗 왕이 노래하네. 문학적인 창조가 주는 기적은 자네가 죽음의 바람을 이겨내도록 해준다네. 꽃잎들은 바람에 날아가지만 애지중지하는 나비들을 전시판 위에 고정시키는 곤충학자처럼 자네는 펜으로 그것들을 고정시킨다네. 나비들은 날개의 알록달록한 빛깔을 간직하게 되고, 자네의 연인들도 생기발랄한 장밋빛 뺨을 그대로 간직한다네. 어느덧 흉측하게 늙어 버린 그녀들이 죽을 날만을 기다리는 때가 오네. 그러나 그녀들의 청춘 시절과 첫사랑은 그녀들에게서 영감을 얻어 자네가 쓴 소설의 여주인공들과 시 · 일기장 덕택에 언제나 봄 햇살처럼 빛날 것이네.

한때는 죽어 버렸으면 하고 바랐던 전애인들! 그녀들은 이제부터 불멸의 몸이 된다네. 그녀들의 심장은 멈추지 않고 영원히 박동할 것이네.

루이 14세의 동생인 필리프 오를레앙 공의 죽음에 관한 이야기에서, 생시몽은 그를 "방탕한 행위들로 쇠약해졌다"라고 묘사하고 있으며, "지금까지의 그 누구보다도 향락적이며 삶에 집착했다"고 덧붙였네. 삶에 대한 애착이 아무리 강했다 하더라도 오를레앙 공은 죽었으며 생시몽도 죽었네. 그렇지만 사실은 그 어느쪽도 죽지 않았다네. 우리의 친애하는 생시몽 공작이 오를레앙 공에 대해 묘사한 놀라운 글은 그를 불멸케 해주며, 생시몽 역시 자신의 《회상록》을 통해 영원히 남는다네.

친애하는 대자, 관에도 납골 단지에도 주머니 같은 것은 없네. 따라서 자네는 이 땅에 올 때와 마찬가지로 빈 몸으로 떠나게 된다네. 마지막 숨을 내뱉으며 자네가 신에게 돌려 주는 것은 영혼뿐만이 아니라 이제껏 자네가 소유한 모든 것도 함께 라네. 기쁨이여, 안녕히! 부여, 안녕히! 아름다운 사랑이여, 안녕히! 자네는 단숨에 그 모든 것들과 결별하게 되는 것이네. 인간은 무분별함과 허영심에 빠져 자신이 가진 것을 영원히 소유할 걸로 생각하지만, 단지 일시적으로 사용할 뿐이라네.

따라서 자네는 앞으로 겪을 결별, 즉 상실을 불행으로 받아들이지 말고 왕 중의 왕과의 면담을 위한 준비를 하는 것으로 생각해야만 하네.

나는 자유분방한 삶을 살고 있으며 가진 게 조금뿐이라고 생각하지만, 그 조금이라는 것도 여전히 많은 것이네. 분명히 거기에는 없어도 되는 것이 포함되어 있다네. 죽기 전에 모든 것을 처분할 시간을 갖는 것이 내 바람일세. 호텔 방에서 유일한 재산인 내가 쓴 책들과 내가 받은 연애 편지들을 머리맡에 두고 죽음을 맞이하고 싶네. 내 친구들은 죽게 되며, 연인들도 나를 잊어버리네. 나 자신도 머지않아 죽는다네. 이 편지들과 책들만이 내가 더 이상 이곳에 존재하지 않을 때 나의 존재를 증명해 줄 것이네.

안토니 블룸 대주교와의 만남을 또 다른 삶을 시작하는 결정적인 계기로 삼은 사람들이 많은데, 그는 우리에게 한 도둑의 이야기를 해주었네. 그 도둑은 시계를 하나 훔치는데, 손에 경련이 일어나 시계를 움켜쥔 손이 그대로 굳어져 버렸다네. 그는 시계를 얻었지만 손을 쓸 수 없게 되었네. 이 이야기의 교훈은 소유란 종종 자유의 끝을 가리킨다는 데 있네. 대여섯 명의 애인들에게 시달리며 에너지와 시간을 낭비하고 어떻게 해야 그녀들을 떼어 버릴 수 있을지를 모르는 돈 후안보다는 사랑하는 한 여자에게 충실한 남자가 훨씬 자유롭다네.

어떤 결별은 신체의 일부를 절단하는 것 같은 아픔을 줄 수 있네. 그러나 그것은 또한 다시 찾은 자유일 수도 있네. "자유다! 자유다!" 아토스와 아라미스의 도움으로 뱅센의 탑에서 도망친 보포르는 기쁨에 겨워 어쩔 줄 모르며 이렇게 소리쳤다네. 음탕한 생활을 포기하는 난봉꾼, 술을 절제하는 술꾼, 세상에서 물러나는 야심가들은 그들이 나쁜 열정에 예속되어 있던 시절보다 훨씬 자유로우며, 따라서 훨씬 행복하다네. 밧줄을 끊고 모래 주머니들을 던져 버린 뒤에야 비로소 자네가 탄 기구는 의기양양하게 하늘로 올라갈 것이네.

몽펠르랭, 마라케쉬, 아작시오에서
1995년 8월-1996년 5월

아름다운 편지들

친애하는 남성, 여성 독자 여러분, 앞에서 여러분에게 약속했던 결별의 편지들입니다. 사귀던 연인과 관계를 끝내고 싶은데 어떻게 편지를 써야 할지 잘 모르겠다면 독자 여러분은 여기에 소개되는 편지들을 바탕으로 여러분 자신의 편지를 작성할 수 있을 것입니다.

19통의 편지에 나오는 수신인과 발신인의 이름들은 가공된 것이지만, 두 개의 이름을 제외하고는(여러분에게 그 출처를 알아내는 즐거움을 남겨 드리지요) 모두 정교회의 유서 깊은 교회력에 나와 있는 이름들입니다.

여러분은 여성들의 편지가 남성들의 편지와는 비교할 수 없을 정도로 훨씬 감동적이고 고통스럽다는 것을 알게 될 것입니다. 남성들의 편지 내용이 잔인하고 때로는 비열한 반면에, 여성들의 편지는 항상 너그럽고 부드러움이 느껴지지요. 그 가운데 두 통은 아주 아름답게 씌어졌습니다.

이 책을 여성들, 적어도 나를 사랑했던 여인들에게 바치며, 정신적 유언으로서 나의 마지막 수필이 될 이 책의 말미를 아름다운 편지들로 끝맺고 싶었습니다. 간혹 어색한 단어나 표현·구두점들이 눈에 보이지만, 그것들 역시 편지들이 갖는 매력의 일부라고 느껴져서 그대로 두었습니다.

그녀들에게 보낸 결별 편지

⚜

알드공드! 당신은 성인의 인내심을 저버렸소. 어제 많은 사람들이 있는 거리에서 나에게 두 번이나 보여준 당신의 히스테릭한 모습은 더 이상 어쩔 수 없이 우리 관계에 종지부를 찍는 게 돼버렸소. 이제까지 당신만큼 경거망동하고, 뻔뻔스러우며, 교양 없고 성가신 여자는 처음 보았소.

당신의 행동은 내가 당신에게 가졌던 모든 사랑을 소멸시켰소.

이제 더 이상 내게 편지도 전화도 하지 말고, 나를 보더라도 말도 건네지 말며, 어떤 식으로든 더 이상 나를 괴롭히는 일이 없도록 부탁하오.

당신은 나의 삶에서 중요한 부분을 차지하고 싶어했지만, 너무나 무분별하고 짜증나게 하는 당신의 방식은 정반대의 결과를 가져왔소. 나에게 정신과 치료를 받고 있다고 얘기했었지. 내 개인적으로 진단을 내린다면, 당신은 세상에서 가장 성가신 여자라는 거요. 정신분석에 그런 용어가 있는지는 모르겠지만,

확실한 건 계속 그런 식으로 사람들을 대한다면 당신은 모든 친구들과 연인까지 잃게 되리라는 것이오.

당신은 **지긋지긋한** 여자요.

상스럽고 도저히 참을래야 참을 수 없는 어젯밤의 사건 이후로 나는 더 이상 당신에 관한 그 어떤 이야기도 듣고 싶지 않아졌소.

내 편지를 당신의 의사에게 보여줘도 좋소. 내 편지를 이해 못할 경우, 그가 설명을 해줄 수 있을 테니 말이오.

신이 당신을 굽어살피기를! 신이 당신 자신으로부터 당신을 지켜 주기를 바라겠소. 당신 자신이 바로 가장 위험한 적이니 말이오.

아가통

✢

아름다운 바틸드,

앞으로 일생 동안 당신의 친구로 남아 있을게. 더 이상 당신의 연인이 될 수 없어. 어떤 여자를 만났는데 지금부터는 그녀에게만 충실하고 싶어. 이제 '방탕한 생활'에 지쳤어. 새로운 인생을 시작하고 싶어. 사람들이 나에 대해 갖고 있는 부정적인 평판(그게 사실로 드러나긴 했지만)도 끔찍해.

날 용서해 줘. 그리고 나에 대한 애정들을 간직해 줘. 나도 당신과 함께했던 아름다운 추억들을 영원히 기억할게.

바르사뉘프

✤

카피톨린,

　나에게 이런 편지를 보내다니, 당신 정말 **뻔뻔스럽군**. 지금
자신은 '유혹한 사람'을 혐오한다고 했소? 도대체 누가 유혹했
다는 거요? 그리고 뭐가 혐오스럽다는 거요? 지난 몇 주간 나
를 끈덕지게 따라다닌 건 당신이야. 갑자기 내 집에 들이닥쳐서
는 다정한 말을 늘어놓고 시를 읊어대며, 꽃을 보내고, 내 일거
수일투족을 살피며 뒤를 따라다니더니 급기야는 돌아가지도 않
고 내 집 층계참에서 며칠을 보냈잖소? 아주 **뻔뻔스럽게** 말이
오. 우리 둘 가운데 누가 '유혹자'요? 내가 보기엔 오히려 당신
이 날 유혹한 것 같은데. 난 당신을 유혹하고 싶은 마음이라곤
눈곱만큼도 없었고, 또 유혹하려고 애쓴 적도 없었소. 당신 혼
자서 삼류 연극 각본을 쓰고 연기한 거지. 역겹고 혐오스럽다고
했는데, 도대체 누가 혐오스럽고 뭐가 역겹다는 거요? 나는 다
만 당신이 더 이상 날 괴롭히지 않기를 바라오. 아직도 나에게
할 말이 남았다면 저번에 내게 소개해 준 당신 친구한테 전해
달라고 하시오. 더 이상 당신과 부딪치는 일이 없기를 바라오.

칼리스트라트

✤

디나라,
　오늘 아침에 받은 당신의 편지를 뜯지도 않은 채 찢어 쓰레기

통에 던져 넣었어. 난 더 이상 당신에 관한 것이라면 아무것도 알고 싶지 않아. 격렬하고 건방지며 신랄함으로 가득 찬 지난번 편지에서 당신은 자신이 '해방되어 행복하다' 했고, 난 내 인생에서 당신의 존재에 대해 마침표를 찍기로 했어. 당신이 날 배신했다는 것을, 당신이 존재했었다는 사실조차도 잊고 싶어. 당신에게 빌려준 플라톤의 책을 돌려줘. 나도 어제 당신 책과 내게 선물로 주었던 목걸이를 우편으로 보냈어. 당신 서류들은 도로테에게 맡길 테니까 나한테 전화 한번 달라고 해.

나한테 전화하지 마, 편지도 쓰지 말고 내가 사는 동네 근처에도 얼씬거리지 마. 당신 동네에서 당신이랑 맞는 친구들이랑 지내란 말이야. 당신이 원하는 대로 '자유롭고 행복하게' 살아보라구.

디오도르

으프로신,

수요일에 당신을 다시 만나기로 약속했었던 걸 후회했어. 그날 당신은 가증스러웠고, 당신이 나에게 보여준 행동들은 견디기가 너무 힘들었어.

당신은 나를 사랑한다고 주장하지만, 적대적이고 악의적인 것으로 탈바꿈하는 그런 '사랑'이라면 차라리 하지 않겠어. 당신의 공격적이고 거친 성격, 잘 알지도 못하는 여자들에 대해 험담하는 당신의 말투는 도저히 참을 수가 없을 정도야. 당신은 나를 사랑하는 게 아니야. 당신은 그저 내 인생에서 어떻게 해서든 첫번째 자리를 차지하고 싶은 거야. 하지만 그건 사랑이 아니라 내 마음이라는 자리를 차지하고 점령하려는 소유욕일 뿐이야. 정확하게 말해서 사랑과는 정반대의 감정이라구.

처음에는 당신이 맘에 들었어. 귀엽고 똑똑하고 나이도 열여덟 살밖에 안 된 당신을 보고 어떻게 사랑에 빠지지 않을 수 있겠어? 그렇지만 그 매력도 격앙된 감정 앞에서는 속수무책이었어. 당신은 내가 당신에게 사랑과 열정을 느낀다고 우기지만 사랑이나 열정 그 어느것도 요구한다고 해서 저절로 생기지는 않아. 당신은 대범한 반면에 눈치는 없더군. 당신의 태도가 내게 사랑이나 열정을 불러일으키기는커녕 오히려 더 멀어지게 하고, 다시는 보고 싶어하지 않게 만든다는 것을 알아차리지 못한 걸 보면 말이야.

혹시라도 이 편지가 당신을 슬프게 한대도 그건 당신 탓이야. 당신을 불행하게 만든 장본인은 바로 당신 자신이니까. 우리의 싹트는 관계는 갓 피어난 꽃과 같았어. 조심스럽게 물을 줄 훌륭한 정원사가 필요했었어. 그런데 당신은 한 달 전부터 경솔하게 코끼리처럼 쿵쾅거리며 정원을 마구 짓밟고 다녔어. 이제 와서 정원이 엉망이 되었다고 놀라진 마.

당신이 보낸 아름다운 편지들과 우리가 함께한 아름다운 사랑의 시간들을 기억할게.

아듀.

을로주

✦

페브로니,

당신을 사랑해. 3년 전 우리가 연인이 된 이후로 당신을 쭉 사랑해 왔어. 결별이 당신에게 견디기 힘든 것만큼 나도 그것을 결심하기까지 꽤 괴로웠다는 걸 알아줬으면 해.

내 마음에서 죽어 버린 건 사랑이 아니라 신뢰야. 신뢰는 사랑을 하는 데 있어 필요한 기본 원칙이야. 적어도 사랑에 불안해하는 사람이나 나같이 감수성이 극도로 예민한 사람에게는 말이야. 더 이상 믿음이 가지 않는 여자의 연인이 될 수는 없어(신뢰ㆍ믿음ㆍ충실이라는 단어는 모두 fides라는 라틴어 단어에서 파생된 거야). 나를 사랑한다고 맹세해 놓고 어떻게 당신은 다른 남자에게 동시에 사랑의 감정을 느낄 수 있으며, 그에게 추파를 던질 수 있지? 난 그런 건 생각할 수조차도 없고, 받아들일 수도 없어.

자기 여자에 대한 자만심과 허영심 때문에 남자는 그녀를 두고 경쟁자가 있다는 생각을 참지 못하는 걸까? 아마 그럴지도 몰라. 하지만 한 여자와 열정적인 사랑에 빠진 남자의 어리석음은 자신이 그녀를 사랑하는 것과 마찬가지로 자신을 사랑하는 그녀가 동시에 다른 남자에게 매력을 느끼고 애매한 관계를 시작한다는 것을 한순간도 상상하지 못해.

당신이 한 행동을 용서할 수는 있어. 하지만 잊을 수는 없어. 당신을 내 곁에 그대로 머물게 할 수는 있지만 전과 같지 않을 거야. 당신은 날 의심하고 질투하게 만들었고, 어쩌면 난 당신을 괴롭힐지도 몰라. 그렇게 되기를 원하지는 않아. 당신과 내가 함께한 아름다운 기억들을 간직하기 위해 떠나는 게 나을 것 같아. 당신의 연인이라는 자리를 포기하는 게 차라리 낫겠어.

앞으로 펼쳐질 당신의 인생에 많은 행복이 가득하길 빌어.

포르튀나

그들에게 보낸 결별 편지

⚜

내 사랑 공뒬프,

부탁이야, 날 용서해 줘요.

내일 당신에게 갈 수 없어요. 더 이상 당신을 만날 수 없어요.

하지만 어찌됐건간에 내가 당신을 사랑했고, 아직도 아주 많이 사랑하고 있다는 걸 잊지 말아 줘요.

글라피르

⚜

일라리옹,

이 편지를 쓰기로 결심하기까지 아주 힘들었고, 어떻게 시작해야 좋을지 몰랐어요. 당신도 알지만 당신과 만나는 동안 난 행복했어요. 우리가 사랑한 거의 6개월 동안 당신은 이제까지 내가 느끼지 못했던 영원히 잊지 못할 행복을 내게 주었죠. 당신은 내게 머리 위로 펼쳐진 하늘의 푸르름을 만끽하게 해주었어요. 내 사랑, 당신은 정열의 뜨거운 절정의 순간을 내게 알게 해주며 나를 사로잡았고, 삶의 의미를 일깨워 주고 사랑과 아름다움에 대해 가르쳐 주었지요. 당신의 품속에서 난 사랑과 진실을 알았고, 당신과의 만남은 가장 소중한 기억으로 남을 거예요. 우리를 이어 주는 모든 것, 당신과의 모든 추억들을 생각하면 내 가슴은 벅차올라 터질 것만 같아요. 절대로 당신을 잊지 않을 거예요. 우리 둘이서 함께한 모든 것들, 그 어느 한 가지도 부정하지 않고 간직할 거예요. 언제나 당신 편에 있을게요. 난 '과거의 페이지를 넘기는,' 과거를 흘려보내는 여자는 되지 않을 거예요. 난 진지했고, 내 진심과 내 인생을 당신에게 주었어요. 그건 지금도 마찬가지예요. 그래서 지금 당신에게 이 편지를 쓰는 거예요. 왜냐하면 우리 사이는 이제 전과 같지 않기 때문이죠. 내 마음이 변하고 있다는 걸 느껴요. 우리가 지금 너무 멀리 떨어져 있기 때문인 것 같아요. 그리고 또, 모르겠어요. 더 이상 아무것도 모르겠어요. 하지만 지금 헤어지는 게 나을 것 같아요.

　사랑하는 일라리옹, 당신의 얼굴을 빛나는 별처럼 내 가슴속에 영원히 간직할게요.

에르미온

이고르,

이제야 당신에게 펜을 들어 쓰게 되는군요. 얼마 전부터 어떻게 써야 할까 고민해 왔어요. 이 얘기를 당신에게 하기가 약간 두려웠어요. 그렇지만 토요일 이냐스 신부님과 나누었던 얘기를 들려 드릴게요. 당신을 만나면서 당신이 이상적인 남편이 돼주기를 기대했어요. 육체의 결합은 바로 영혼의 결합을 의미해요. 제가 당신에게 바라는 것은 신의 축복을 받은 영혼의 결합이에요. 바로 결혼이죠.

당신만큼 저도 결혼을 바라요! 당신의 미소를 생각하면 더 이상 당신을 못 볼 거라는 사실이 견딜 수 없을 만큼 힘들어요. 당신의 미소, 당신의 맑고 유쾌한 시선이 그리워요. 절 버리지 마세요. 가엽게 여겨줘요. 이고르, 전 당신을 사랑해요. 예전에 내 육체가 당신의 육체와 뒤엉킬 때처럼 당신에 대한 추억이 내 머릿속을 어지럽히는 밤이면 미치도록 당신이 그리워요.

저와 결혼하지 않는다면 당신은 진정한 사랑을 모르고 지나칠 거예요. 사랑의 신비한 측면에 대해 결코 알 수 없을 거예요. 당신에게는 안된 일이죠.

당신을 사랑하지만 더 이상 연인으로 남지 않겠어요. 이냐스 신부님이 옳지 않다고 반대하세요. 당신이 제 남편이 되기를 원치 않고, 영혼의 결합이 당신에게는 아무 의미도 없는 것이니, 저는 당신에게 사랑받는 것도 당신을 사랑하는 것도 포기하겠어요. 무작정 당신을 기다릴 순 없으니까요.

잘 있어요. 이고르, 안녕히……

이렌느

✦

쥐디카엘 내 사랑,

왜 더 이상 당신의 연인이 되기를 원하지 않느냐구요? 제가 당신을 믿지 않는다는 당신의 얘기가 어느 정도는 일리가 있는 것 같아요. 그래요, 전 당신을 경계하고 있어요. 당신을 경계하면서도 사랑해요. 위험한 도박이죠. 제 생각에는 당신에게 있어 사랑이란 바로 도박을 뜻하는 것 같아요. 거기에 너무나 익숙해 있기 때문에 당신에게는 진정한 사랑이란 없을 것 같아요. 당신을 만날 때면 뜨거운 열정의 순간을 느낄 때처럼 황홀한 기쁨을 느껴요. 하지만 약속이 없는 날 당신에 대해 생각할 때면 불안과 불신의 감정이 느껴져요.

부모님도 제가 뉴욕으로 돌아오기를 바라세요. 잘 있어요, 나의 프랑스 애인……. 마지막으로 당신의 부드러운 입술에 키스를 보낼게요.

쥐스틴

✦

너무나 사랑했고, 너무나 소중했으며, 너무나 아꼈던 카라미티……. 우리의 위대하고 아름다운 사랑을 끝낼 때가 왔어요.

우리가 사랑하는 동안 계절이 두 번밖에 안 바뀌었군요. 제가 좋아하는 두 계절, 봄 그리고 여름…… 슬프고 우울한 가을이 그 모습을 드러내기 시작했고, 전 이 울적한 계절에 **당신께 작별 인사를 하기로** 마음먹었어요.

사실 이 괴로운 편지를 어젯밤에 쓰려고 했었는데, 결국 오늘 아침에 쓰는 게 나을 거라는 생각이 들었어요……. "결정을 내리기 전에 하룻밤 더 생각하는 것이 좋다"라는 속담도 있잖아요, 그 말이 맞을까요?

어젯밤의 전화 통화가 제 결정을 앞당기게 했어요. 파리로 돌아온 이후 내게 일어나고 있는 마음의 변화를 당신은 정확하게 꿰뚫어 봤죠. 당신을 다시 보게 되어 아주 기쁘고 즐거웠던 건 사실이었지만 전 제 마음속에 무엇인가 변화가 나타났다는 것을 느꼈어요. 좀더 정확히 얘기하자면, 더 이상 예전만큼 당신을 사랑하지 않아요.

그렇지만 아작시오에서 우리가 함께 보냈던 10일간의 행복과 일체감의 시간 동안 전 당신에게 푹 빠져 있었어요. 맹세컨대, 그때는 제 마음이 이렇게 갑작스럽게 변할 줄 전혀 몰랐어요. 사실은 8월에 당신이 출발한 뒤 보니파치오에서 한 젊은 이탈리아 여성과 정열적인 시간을 보냈어요. 그리고 틀림없이 그녀와의 관계가 나를 당신에게서 조금 멀어지게 한 것 같아요……. 하지만 그것 때문만일까요? 그런 것 같기도 하지만 잘 모르겠어요. 절 믿어 주세요. 당신께 빨리 돌아가고 싶은 마음이 들지는 않았지만 코르시카 섬에서 제가 당신께 보낸 사랑의 편지들은 진심이었어요. 당신이 그리웠어요. 그건 확실해요. 하지만 어떻게 얘기를 해야 할까요. 전 그곳에서 그 이탈리아 여성과 함께 지내는 동안도 행복했어요……. 그러나…… 이곳으로 돌아온 이후 제 마음은 다른 곳에 가 있었어요……. 그리고 내 머릿속을 온통 채운 사람은 더 이상 당신이 아니었어요……. 더 이상 당신에게 이 사실을 숨기는 것은 쓸데없는 일이었어요. 그렇지만 당신에게 어떻게 얘기해야 할지 몰랐지요. 제게 푹 빠진 당신을 보며, 저는 감동하기도 하였고 기쁨에 떨기도 했어요. 바보처럼 비겁하게 이제야 그 사실을 털어놓네요. 제게도 고통스러웠던 이 운명의 순간을 저는 하루하루 미뤄 왔어요. 어젯밤 거의 잠도 자지 못한 채 영화에서처럼 그동안 당신의 품에서 느꼈던 행복했던 모든 순간들을 돌이켜 보았어요. 이제 더 이상 당신에게 현실적 욕망 같은 것은 느끼지 못하지만 깊고 진실한 애정은 여전히 남아 있어요. 무엇보다도 절대로, 영원히, mai, never, 당신을 잊지 않을 거예요. 당신은 제가 미친 듯한 사랑을 느꼈던 **유일한** 남자라는 사실을 기억해 주세요……. 나의 사랑하는 연인 칼라미티, 오늘 오후 전 당신을 만나러 가지 않을 거예요. 내일도, 모레도……. 그렇지만 나중에 우연히 길을 가다 당신을 만나게 되면 다시 보게 되어 아주 기뻐할 거예요. 절대로 당신을 피해 다른 길로 돌아서 가지는 않을 거예요.

이제 당신은 저라는 불쌍한 여자에 대해 어떻게 생각하세요? 더러운 여자이고 거짓말쟁이라고 생각하겠죠! 그래도 절 너무 나쁘게 보지는 마세요. 천박한 카리 로랑스에 대해 너무 나쁜 추억을 갖지 말라고 당신께 기도해요.(ti prego)

당신도 잘 알지만 전 항상 여자들을 더 좋아했어요. 그리고 당신도 이 결별의 순간이 언젠가 닥쳐올 거라고 어느 정도는 생각하고 있었잖아요.

제 자신도 이해가 잘 안 가요. 전 당신 곁에 오랫동안 머물고 싶었는데, 그리고 당신과 함께 아시아로 긴 여행을 하고 싶었는데……. **왜 이렇게 됐을까요?** 어쩌면 잠시 연기되었을 뿐일까요? 어쩌면 그럴지도…?

당신에게 조그만 작별의 선물을 꼭 하고 싶었어요('결별'이라는 말은 너무 비열해요). 예전부터 당신께 선물하고 싶었던 《베니스에서의 죽음》이라는 영화 음반을 골랐어요. 당신께 그 음악이 없다는 걸 알아요.

또 한 가지, 편지 봉투에 제가 특히 좋아하고 거의 항상 가지고 다니는 작은 금색 비행기(아름다운 칼라미티, 당신의 꿀빛 피부와 같은 금색이에요)를 같이 넣었어요……. 별것 아니지만 당신이 그것을 지니고 다닌다면 아주 기쁠 거예요.

당신의 카리아 로렌자가 조금의 쓸쓸함도 없이 **당신의 몸 구석구석 부드러운 입맞춤을 보내요. 절대로 당신을 잊지 않을 거예요. 당신을 제 마음속에 소중히 간직할게요**(mai non dimentichero, ti tengo caro).

차오!

아디오!

카리아 로렌자

✠

라자르,

우리 관계를 끝내기로 마음먹었다는 걸 알리기 위해 펜을 들었어요.

난 한계에 도달했어요. 내 자신을 다잡지 않으면 절망과 슬픔 때문에 끝내 난 자살하고 말 거예요.

날 대하는 당신의 무례하고 모욕적인 방식은 당신의 가슴에서 모든 사랑이 사라졌다는 걸 1천 번도 더 보여주고도 남아요.

왜 내가 그런 불행을 당해야 하지요. 난 내 모든 열정을 바쳐 당신을 사랑했고, 언젠가 당신의 가벼운 행동으로 인하여 날 잃어버리게 된 사실을 후회하게 될 거예요.

왜 내가 당신과 헤어질 수 있도록 도와 주지 않는 거죠? 왜 내게 진실을 얘기하지 않나요? 왜 당신은 솔직하지 못한 거예요?

내 인격을 존중해 줬으면 해요. 당신의 관심이 필요해요. 난 존재하고 있다는 사실을 느끼고 싶어요. 몇 달 전부터 당신은 내게 당신 인생의 부스러기만 주고 있어요. 내 곁에 있는 당신은 빈 껍데기뿐이에요. 침대에서만(당신이 날 사랑해 주는 유일한 곳) 이루어지는 우리의 관계는 정말 비현실적이랄 수 있어요. 난 침대만으로는 부족해요.

난 당신에게 모든 걸 줄 수 있어요. 그리고 당신도 나에게 모든 걸 줬으면 해요. 하지만 난 무작정 기다릴 순 없어요.

하루하루 난 1년을 늙어가는 기분이에요. 그 정도로 당신에 대한 생각은 나를 지치게 해요. 하지만 행복한 순간들도 많았어요. 그러나 난 더 이상 아무것도 믿지 않아요. 더 이상 당신을 믿지 않아요.

라리사는 절대로 당신이 내게 다른 여자를 사랑한다고 털어놓지 못할 거라고 생각하고 있어요. 맙소사, 정말이지, 당신은 영원히 그런 말을 할 용기를 내지 못할 거예요.

"널 사랑해" "난 네가 필요해"라며 속삭이는 당신의 이 말들에 난 포로가 되었지요. 하지만 그 말들에는 진지함이라곤 조금도 들어 있지 않았어요.

당신의 태도에 일관성이 없다는 걸 알기는 해요?

라자르, 제발 부탁이에요. 당신에게서 벗어나도록 날 도와줘요. 예를 든다면 그냥 다른 여자랑 툴롱에 갔다왔다고 말해줘요. 당신과 헤어지려면 나한텐 커다란 충격이 필요해요.

당신은 당신 자신이 지속적인 행복을 어색해할 뿐 아니라 다른 사람에게 그렇게 해주는 것도 어색해해요. 내게 많은 기쁨과 더할나위없는 행복감을 주는가 싶더니 이내 당신은 손을 떼고 사라져 버려요. 당신은 한 여자를 꾸준히 행복하게 해줄 수 없어요. 당신은 당신을 좋아하는 사람이면 누구든 불안정하게 만들어 버려요. 그리곤 되레 당신의 연인들에게 미쳤다고 몰아붙이지요. 사실 그녀들을 미치게 하는 건 바로 당신인데.

사랑에 있어서 당신은 또 한 사람의 아틸라(Attila: 훈제국이 동·서로마를 완전히 장악하고 서아시아에서 중부 유럽에 이르는 전 지역을 통치하던 전성기 때의 왕)라고 할 수 있어요. 그 무엇도 당신을 이길 순 없어요. 당신의 파괴의 힘은 가공할 만한 효과를 가져와요. 그렇지만 난 당신이야말로 가장 큰 피해자라고 생각해요.

당신이 내게 거짓말을 하고 있다는 건 확실해요. 당신은 끊임없이 내게 거짓말을 해왔고 지금도 그래요. 진창에 빠진 것처럼 난 당신의 거짓말에서 벗어나지 못하고 있어요. 왜 나에겐 베로네세 그림을 보러 루브르에 가자고 말하지 않았죠? 좋아요! 나 대신 당신과 같이 간 그 여자랑 행복하게 살아요. 당신한테 속는 것도 지긋지긋해요. 당신이 내게 한 짓을 반대로 내가 당신에게 한다면 당신은 1초도 못 견딜 거예요. 안녕.

리우보브

사랑하는 말라쉬스,

전 요즘 아주 힘든 시기를 보내고 있어요. 두 명의 친구가 죽었어요. 한 사람은 연극 무대에서, 그리고 한 사람은 영화관에서. 아무도 절 위로해 주지 못해요. 전 너무나 깊은 슬픔에 빠져 있어서 더 이상 당신과, 아니 그 어느 누구와도 연인 관계를 계속할 수 없을 것 같아요. 하지만 안심하세요. 절대로 당신 잘못이 아니에요. 문제는 저한테 있어요. 더 이상 누군가와 사랑을 엮어 나갈 자신이 없어요. 전 예전처럼 밝고 쾌활하지도 않고 혼자 있고 싶어졌어요. 한발짝 물러서서 내 인생, 친구, 당신과의 사랑, 이 모든 것으로부터 거리를 두고 지금까지 살아온 23년간의 삶을 되돌아보고 싶어요.

당신과 함께했던 무한한 행복과 미칠 듯한 사랑에 대해선 조금도 부정하지 않아요. 그리고 평생(제발 페이지를 넘겨 끝까지 읽어 줘요) 내가 여든세 살의 할머니가 된다 해도 그 추억을 기억할 거예요. 정말 죽을 때까지 당신과 함께했던 아름다운 사랑을 기억할 거예요. 그리고 당신에 대한 사랑을 영원히 간직할게요. 당신의 존재는 내게 평생 그리고 영원히 지울 수 없는 흔적을 남겼어요. 지금까지도 그래 왔고 앞으로도 당신은 평생 제유일한 사랑으로 남을 것이며, 제가 사는 동안 그 사실을 절대로 부정하지 않을 거예요!

나중에 만일 내가 배우가 되고, 한 신문 기자가 내게 "당신의 인생에서 가장 열렬히 사랑했던 사람은 누구였습니까?"라고 묻는다면, 지난날 당신을 처음 만났을 때 그랬던 것처럼 심장은 세차게 뛰고 눈에는 눈물이 글썽한 채 전 이렇게 대답할 거예요. "말라쉬스가 바로 저의 가장 열렬한 사랑이었고, 앞으로도 항상 제 가슴속에 남아 있을 거예요. 그 사람은 제게 모든 것을 가르쳐 주었고 저를 사랑했던 유일한 사람이었으며, 제 영혼에 언제까지나 은총으로 남아 있을 단 한 사람이죠." 당신은 언제나 제 기억 속에 살아 있을 거예요.

가버리는 절 용서해 줘요. 자유롭고 싶고, 혼자 있고 싶어서 전 떠나요. 하지만 절대 당신을 잊지 않을 거예요. 지금부터 제가 죽는 그날까지.

모네공드

나르시스,

전화 통화가 그런 식으로 나쁘게 끝나서 정말 슬프고 유감이에요. 제가 원한 건 그런 게 아니었어요. 당신과 정말 솔직하게 얘기하고 싶었어요. 제가 당신과 헤어지기로 결심했다는 걸당신도 알아차렸다고 생각해요. 생말로에서의 첫 여행을 끝내고 돌아오면서 전 당신과 헤어지기로 마음먹었어요. 그곳에서당신은 육체적 사랑이 필요할 때만 절 찾았고, 나머지 시간은절 혼자 내버려두었어요.

다른 사람이 생겨서 당신을 떠나는 건 아니에요. 당신을 속인 적도 없어요. 제가 그러지 못한다는 걸 당신도 알잖아요. 전당신 아닌 다른 이를 좋아하고 싶지도 않고, 그 누구도 당신보다 더 좋아할 수도 없어요. 이 결정이 제게 얼마나 잔인하고 고통스러운 건지 당신이 알까요! 더 이상 사랑하지 않기 때문에당신을 떠나는 게 아니라 더 이상 희망이 없기 때문에, 우리가연인이 된 이후로 당신이 제게 해준 것 이상은 앞으로도 절대줄 수 없다는 것을 알기 때문에 당신을 떠나는 거예요. 오래전부터 우리가 함께 공유할 수 있는 무엇인가를 **만들어 나가기를**, 그리고 우리가 모든 삶의 희로애락을 나누게 될 그날이 오기를 바라왔어요. 이제 전 우리가 함께할 미래에 대한 제 모든꿈들이 절대로 이루어지지 않을 거라는 걸 깨달았어요.

당신을 조금도 원망하지 않아요. 당신은 사랑을 즐길 뿐 부부가 되도록 만들어진 사람은 아닌가 봐요. 그뿐일 거예요. 당신을 원망하는 내용으로 이 편지를 가득 채우고 싶진 않아요. 어쨌거나 이미 당신 자신도 알고 있는 것 외에 당신에 대해 제가 쓸 수 있는 말이라곤 하나도 없어요.

제가 당신을 사랑한다고, 단 한번도 당신을 속인 적이 없다고 말할 때 당신이 절 믿어 주기를 진심으로 바라요. 당신은 세상에서 가장 멋진 남자예요. 당신은 제 사랑, 제 유일한 사랑이며, 전 영원토록 매일매일 당신을 사랑할 거예요. 우리가 함께한 모든 것에 충실하고 싶어요.

절 용서해 줘요, 용서해 줘요, 절······.

저에 대한 애정을 그대로 간직해 줘요.

당신의 님포도르

✠

오레스트, 아름다운 내 사랑, 잘 있어요. 서른세 살의 정부를 어떻게 할 건가요? 결국 전 자포자기적이지만 열정적인 유혹에 사로잡혀 시크교도 정신분석학자와 결혼해요(제 주위 사람들의 표정이 어떤지 상상이 가죠!). 만일 6개월 후에 우리가 서로를 참아내고 헤어지지 않는다면, 전 베를랭고 사탕〔줄무늬가 새겨진 각뿔 모양의 사탕〕처럼 터번을 쓴 아이들을 많이 낳을 거예요.

가끔 저를 생각해 주세요, 전 영원히 당신을 잊지 않을 거예요. 당신의 환한 모습과 당신의 부드럽고도 열정적인 입맞춤을 절대로 잊지 못할 거예요.

오레스트, 나에 대한 당신의 사랑이 식기 전에 우리 헤어져요!

오스만

P.S. 두고 보세요, 제 딸들은 아주 예쁠 거예요!

⚜

사랑하는 폴리카르프,

이 편지를 보면 기분이 언짢을 거예요. 하지만 편지를 쓰는 저도 매우 힘들다는 걸, 고통스러운 이 이야기 앞에서 그 누구보다도 제가 괴롭다는 사실을 알아 주세요. 제 편지를 세심히 읽어봐 주세요. 그리고 제가 당신께 얘기하고자 하는 말의 의미들을 잘 표현하지 못한 부분이 있더라도 이해해 주기를 바라요.

당신을 알기 전에 제게는 한 남자 친구가 있었어요. 저처럼 고등사범학교 준비생인 그는 착한 남자예요. 우리는 함께 많은 계획을 세웠어요. 그런데 당신이 나타난 거예요. 전 한눈에 당신께 반해 버렸고, 제 마음은 당신을 다시 보고 싶은 열망으로 가득 찼어요.

그리고 나서 역의 플랫폼에서 놀랍게도 당신을 또 본 거예요. 전 정말 페드라가 된 기분이었어요. 페드라는 이렇게 말했죠. "그를 보는 순간 내 얼굴은 붉어지고 창백하게 변해요……. 이성을 잃은 내 영혼에 불안이 엄습하고……."

그후 전 당신과 함께 시내를 걸어다니고 함께 식사도 했죠. 조금씩 제가 껴안고 싶은 사람은 당신으로 바뀌었고, 당신을 사랑하게 되었어요. 우리가 함께 보낸 밤, 우리의 포옹, 상상할 수도 없었던 저의 감동, 당신 곁에서 느낀 쾌락, 당신과 모든 걸 함께하고 싶다는 갑작스런 욕망. 전 이제껏 겪어 보지 못했던 혼란에 빠졌어요.

아까 제가 말한 남자는 우리가 만난다는 걸 알고 있었지만 조금도 걱정하지 않았어요. 우리는 서로 솔직하게 모든 걸 얘기하자고 약속했거든요. 그래서 수요일에 더 이상 숨길 수 없어서 전 그에게 모든 걸 털어놓았어요. 그리고 그 비극적인 일이 일어났어요. 그의 고함, 그의 눈물(절망 앞에서 아이처럼 소리내어 우는 남자를 보고 목석이 아닌 다음에야 어떻게 아무 감정이 없을 수 있겠어요), 그리고 제 눈물, 갑자기 밀려드는 수치심. 당신을 향한 열정에 자신을 던져 버림으로써 전 그 남자와의 사이에 쌓아 왔던 모든 신뢰와 일체감을 깨버린 셈이 됐어요. 오늘 아침은 상황이 더욱 좋지 않았어요. 어떤 것이라고 도저히 말할 수 없는 비탄의 말들로 가득 찬 끔찍한 편지(그가 당신에게 퍼부은 욕설들은 말하지 않을게요. 충분히 상상이 갈 거예요), 거의 자살 일보 직전의 편지를 그가 남겼어요.

전 남을 위해 희생하는 성격은 아니에요. 하지만 누구든 단이틀 만에 이제껏 쌓아온 관계를 지워 버릴 수는 없어요. 또 그가 나 때문에 고통스러워한다는 사실을 견딜 수가 없어요. 물론 그에 대한 매력은 벌써 깨지고 없어요. 아마도 그가 나를 경멸하게 될 수도 있어요. 그렇지만 어떻게 하죠? 공포감 속에서 당신을 다시 만나며 우리의 관계를 계속할까요? 얼마나 제가 그렇게 하고 싶은지, 당신을 떠올리기만 해도 얼마나 미칠 듯한 기분이 드는지, 당신을 바라는 제 욕망이 얼마나 큰지 아무도 모를 거예요. 살아오면서 지금처럼 힘든 상황은 처음이에요. 이렇듯 야만적이고 비인간적인 선택 앞에 놓여진 적은 한번도 없었어요.

두 가지 해결 방법뿐이에요. 아주 멀리 떠나든가 정맥을 끊어 버리는 거예요. 제게는 첫번째 방법을 실행에 옮길 만한 돈이 없어요. 그리고 두번째는 정말 그러고 싶어질까 봐 생각하고 싶지 않아요.

폴리카르프, 다정한 나의 연인, 절 너무 나쁘게 생각하지 마세요. 당신은 이제 제가 말하고 싶어하는 것을 이해했다고 생각해요. 제 결정을 너무 나쁘게 해석하지 마세요. 궁지에 몰린 저는 어쩔 수 없이 당신을 사랑하지 않는다고, 더 이상 당신을 보고 싶지 않다고 맹세해야 했어요. 당신은 제 공포를 이해할 거예요. 제 양심은 자살을 원하지 않았어요. 전 그를 사랑하고, 당신도 사랑해요. 하지만 당신은 그보다 더 강하다고, 흔히들 말하는 것처럼 다른 사랑을 찾을 수 있다고 감히 생각해요. 그리고 만약 당신 역시 고통스럽다 해도 그 사람보다는 덜할 거라고 감히 생각해 봐요.

게다가 당신과 저는 4백 킬로미터 이상이나 떨어져 있어요. 반면 그 남자와는 매일 교실에서 마주쳐야 한다구요!

우리 세 사람 가운데 가장 동정받아야 할 사람은 저예요. 그에 대한 저의 배신 행위가 부끄럽지만 동시에 제가 사랑하는 폴리카르프, 당신을 잃을 거라는 생각에 전 너무나 불행해요. 눈물과 굴욕, 전 이중으로 괴롭다구요.

당신이 저에게 주었던 그 황홀한 사랑의 시간에 감사해요. 당신을 알게 돼서, 그리고 모든 어려움을 무릅쓰고 당신을 사랑하게 돼서 행복해요. 하지만 제가 할 수 있고, 하고 싶은 건 그게 다예요.

당신은 저에 대해서 어떻게 생각할까요? 전 정말 비겁해요. 그렇죠? 사랑의 편지를 기다렸던 당신은 비탄과 고통으로 가득 찬 편지만을 받게 되는군요. 하지만 정말 끔찍했어요. 제가 어떤 상황을 겪었는지 당신은 알 수 없을 거예요. 당신을 그 사람보다 먼저 알았더라면! 그 사람이 저로 하여금 겪게 하는 그 무게를 당신이 안다면 끈질긴 그의 심문, 심지어 제 물건들을 뒤져서 당신에게서 받은 편지들과 오늘 아침에야 받은 당신의 시, 당신의 사진까지 가져갔다는 사실을 안다면, 하지만 제 가슴속에 영원히 새겨진 당신의 부드러운 모습만은 아무도 내게서 가져갈 수 없어요.

저는 절망하고 극도로 불안한 상태예요. 부모님이 계신 지루한 시골로 저를 데려다 줄 기차를 기다리며 당신에게 이 편지를 쓰고 있어요. 전 지금 지난 토요일(달콤한 기억) 당신을 기다렸던 그 플랫폼에 서 있어요. 하지만 정말이지 자유롭게 나를 당신에게 데려다 줄 기차를 타고 싶어요. 사랑과 절망이 뒤섞인 괴로운 마음으로 당신을 생각해요. 이루어질 수 없는 사랑의 고통스러운 결과들이죠! 당신을 제 가까이 저와 마주하게 해놓고 당신의 아름다운 몸에 키스하고, 붉은 당신의 입술과 제가 온몸으로 감싸기를 좋아하는 당신의 뜨거운 모래빛 피부를 탐하고 싶어 미칠 지경이에요. 어린아이처럼 순수하게 쾌락에 빠져드는 당신의 모습, 나지막이 들리는 당신의 신음 소리,

당신의 부드러움, 당신의 눈에 비치는 하늘, 미칠 듯한 포옹을 하며 내게 건네는, 제 심장이 성배에 담긴 술을 마시듯 음미하는 당신의 속삭임들을 꿈결처럼 떠올려요. 달콤하게 베어 무는 부드러운 과일 같은 나의 연인, 일요일 저녁 운좋게 맛본 초콜릿 무스 케이크처럼 당신이 다시 한번 절 음미해 주기를 정말 너무도 바랐었는데! 그때는 정말 황홀했어요! 당신이 얘기한 것처럼 오직 그런 사랑의 즐거움을 느낄 때 인생은 비로소 그 의미가 있는 거예요. 하지만 사람들은 얼마나 추하고 심술궂은지 모르겠어요! 또 전 얼마나 약하고 무능력한지요! 전 지금 탈출구가 보이지 않는 상황에 처해 있어요. 전 당신을 그만 사랑할 수도, 당신을 다시 볼 수도 없단 말이에요.

당신에게 절망적인 키스를 보내며.

포틴

✠

다정한 코드라튀스,

내게 일어나는 일을 나 자신조차도 이해 못하기 때문에 당신에게 뭐라 말해야 할지 모르겠어요. 당신은 편지에서 내가 당신에게서 멀어지는 것 같다고 썼죠. 그건 의심할 여지도 없는 사실이에요. 하지만 일이 이렇게 된 건 모두 당신 탓 아닌가요? 우리가 연인이 된 이후로 당신은 끝도 없이 내게 거짓말을 했고, 나를 속여 왔고, 내 사랑을 농락했어요. 당신에게 있어서 나란 존재는 한낱 기계의 부속품에 지나지 않는다는 느낌을 항상 받아왔고, 그 생각이 나를 미치도록 질투하게 만들었으며 너무나 불행하게 만들었어요. 이제 난 쌀쌀맞고, 당신에게서 멀어졌으며, 전처럼 다정하지도 않아요.

당신은 내 사랑을 조롱했고, 너무나 많이 농락했어요. 당신을 영원히 사랑할 수 있다고 믿었었는데 당신이 먼저 날 배신한 거예요. 마치 병에 걸리기 전 신체에 조금씩 나타나는 이상들처럼 서서히 내 안에 있는 것들이 변해 갔어요. 나 자신도 미처 깨닫기 전에 난 당신에게서 벗어날 준비를 하고 있었던 거예요. 나의 내부에 일어나는 이 변화를 알아차렸을 때 난 공포와 절망을 느끼기 시작했고, 지금까지도 그 감정들에서 벗어나지 못하고 있어요. 당신에게서 멀어진다는 생각은 끔찍해요. 하지만 내 본의와는 관계없이 상황은 악화되었고, 무능한 나는 매일매일 나에게서 도망치는 그것을 다시 붙잡을 힘이 없어요.

내가 당신에게 이런 말들을 하리라고는 생각하지 못했겠지요. 그리고 나 역시 당신에게 이런 말들을 쓸 날이 오리라고는 한번도 생각해 본 적이 없어요. 이 편지를 쓰는 나도 마음이 아파요. 잔인하리만치 견디기 힘들어요. 차라리 당신이 내게 편지를 쓰는 편이 나았을 거예요. 지금도 여전히 당신은 내가 당신을 얼마나 사랑했는지, 견디기조차 힘든, 얼마나 커다란 공허감을 내 인생에 남겼는지 모를 거예요. 사랑이 내게 준 모든 것을 난 다시 빼앗겼어요. 나 자신이 늙어 버리고 지쳤으며 배신자라는 느낌이 들어요. 난 너무나 불행한 여자예요.

캉뷔르가

✠

로마노,

당신에 대한 제 감정이 변했다는 걸 좀더 자연스러운 방식으로 알리고 싶었어요.

그리고 우리의 사랑을 조금도 손상시키지 않도록 당신에게 저의 마지막 모습을 좋게 남기고 싶었어요.

당신에게 거짓 사랑을 연기할 수도 있었지만 당신의 품에서 제가 느낀 열정은 더럽혀지기엔 너무나 강렬한 것이었어요.

열렬한 사랑 뒤의 저의 그 침묵은 당신에게 상처를 주고 싶지 않아서였어요. 저는 그 방법만이 당신의 삶에서 저를 잊게 하고 사라지게 하는 것이라고 생각했어요.

당신은 사랑을 하기 위해 태어났고 사랑을 하는 방법도 알아요. 어쩌면 전 당신의 사랑을 받아들일 만한 자격이 없었는지도 몰라요. 하지만 당신의 사랑은 제 마음을 무한한 행복으로 가득 채워 주었다는 사실을 알아 주세요.

전 절대 용서받지 못할 거예요. 당신의 용서를 구하지도 않아요.

라이사

✠

사뮈엘,

사랑이 클수록 그 고통도 커지는 법이에요. 전 당신을 사랑해요. 뜨겁게, 미치도록……. 하지만 그만큼 사랑의 고통도 컸어요, 너무 힘들어요!

열정에는 파괴의 힘이 있죠. 우리 역시 그것을 피하지 못했어요. 우리가 서로 사랑한 지 2년이에요. 오랫동안 우리 사이를 갈라놓으려는 음모들에 흔들리지 않고 승리를 거듭하며 우리는 세상에서 가장 행복한 연인이 되었지요. 하지만 몇 달 전부터 우리는 서로를 괴롭히고 있어요. 우리와 우리를 이어 주던 일체감 사이로 조금씩 비집고 들어온 갈등·폭력, 상대에 대한 승부욕이 우세해지기 시작하는 그 순간부터 열정은 우리의 삶에서 더 이상 긍정적인 요소가 되지 못해요.

한 달 전 식욕이 떨어지고 잠도 잘 이루지 못했을 때 전 이 모든 걸 알아차렸어요. 가끔 제가 미치는 게 아닌가 하는 생각도 들었어요. 이렇게 불행했던 적은 한번도 없었어요. 그 순간부터 우리 관계가 다시는 돌이킬 수 없는 지경에까지 이르렀으며, 결코 다시는 과거로, 열정이 우리에게 아직 그 이면을 드러내 보이지 않았던 그때로 돌아갈 수 없다는 걸 전 깨달았어요.

앞으로 더 이상 우리는 다정하게 지내지 못할 거예요. 빗나간 열정이 우리에게 휘두르는 사악한 지배력에 전 너무 질려 버렸어요. 그건 안에서부터 우리를 파괴하고 갉아먹는 잔인하고 가혹한 사랑이에요. 좀더 시간이 지나 서로 싸우는 우리가 보기 싫어지면 그 열정적 사랑은 결국에 우리를 미치게 만들고, 틀림없이 살인이나 자살 같은 비극으로 우리를 몰고 갈 거예요.

당신은 멋진 남자고 아직 끝내야 할 작품이 있어요. 그리고 전 겨우 열일곱 살이에요. 악마 같은 것으로 변해 버린 이 미칠 듯한 열정에서 벗어나기 위해서는 우리 각자 자신의 일에 충실하는 게 최선이에요.

그러니까 부탁이에요. 절 보내 주세요. 우리 둘의 관계를 아름다운 추억으로 남기게 해주세요. 마지막으로 당신과 함께 기쁨과 쾌락, 달콤함의 시간을 보낼 수 있어서 행복했어요. 뜨거웠던 마지막 포옹이 제 기억 속에 고통스러운 순간들을 부드럽게 변화시켜 강렬한 행복의 순간들로 채워 주도록 해줄 거예요. 전 멋진 사뮈엘에 대해서만 기억하게 될 거예요. 멋진 모습으로만 말이죠.

당신은 저의 첫 연인이자, 저에게 사랑의 발견이라는 아름다운 기억을 평생 간직하도록 가르쳐 준 사람이에요. 당신은 저를 사랑에 눈뜨게 해주었고, 전 당신 품안에서 다시 태어난 거예요.

부탁이에요. 제가 '당신과의 만남을 완전히 청산했을 것' 이라든지, '당신과의 과거를 부인할 것' 이라든지, 그런 식의 생각은 무엇이든 절대로 하지 마세요.

당신은 저의 첫사랑이고, 제가 죽을 때까지 그 사실엔 변함이 없을 거예요. 그리고 전 우리가 함께 겪었던 모든 것과 얼마나 우리가 서로를 사랑했는지 결코 잊지 않을 거예요. 우리가 겪어온 행복, 기쁨, 미칠 듯한 사랑, 우리 두 사람을 아주 강하게 하나로 이어 주던 우리의 마음과 몸의 완벽한 일치, 그 어떤 것도, 그 누구도 제게서 그것들을 절대로 빼앗아 갈 수 없을 거예요. 그건 나의 보물……. 그리고 훈장이죠. 영원히 말이에요. 사뮈엘, 당신의 사랑은 제 안에서 영원히 빛나는 태양이에요.

당신을 알게 되고 사랑하게 된 것을 후회하는 일은 평생 없을 거예요. 신께 맹세해요.

게다가 전 당신을 정말로 떠나는 게 아니에요. 왜냐하면 세상에서 가장 소중한 것들, 당신이 보낸 편지들, 시들, 사진들, 선물들과 우리의 사랑 이야기에 나오는, 세상의 그 무엇보다 더 제가 소중히 여기는 물건들을 수호천사나 가드레일처럼 제 곁에 간직하고 있기 때문이에요.

마지막으로 당신의 부드러운 눈에 입맞춤하며 행복하기를 빌게요.

안녕.

살로메

역자 후기

보통 결별이라고 하면 사랑의 결별을 의미한다. 그러나 탄생에서부터 죽음에 이르기까지 삶에서 결별이 아닌 것은 없다. 연인과의 관계를 깨뜨리는 것 외에 이혼하는 것, 친구와 사이가 틀어지는 것, 소중한 물건을 잃어버리는 것, 다이어트를 하는 것, 수도원에 들어가는 것, 가까운 사람의 죽음을 겪는 것 등도 일종의 결별이다. 가브리엘 마츠네프는 자신의 대자에게 보내는 편지글의 형식을 빌려 이러한 다양한 결별들에 대해 살펴보고, 그 고통을 치유하는 방법들을 제시한다.

사랑의 결별을 겪을 경우와 그 대처 방법에 대해 가장 많은 부분을 할애하여 설명하고 있으며, 철저히 남성적인 시각에서 바라보고 있다. 우선 남자가 잘못한 게 없는데도 여자가 떠난 경우, 펜을 들어 그 잔인한 배신자를 모욕하는 편지를 써보내라고 한다. 남자의 날카로워진 신경이 진정되고 배신자에게는 양심의 가책을 느끼게 함으로써 일석이조라고 할 수 있다. 그러나 떠나간 여자가 다시 돌아오리라고 기대해서는 안 된다. 그 어떤 합리적인 설득도 한번 마음이 떠난 여자에게는 통하지 않는다. 그리고 남자의 잘못으로 여자가 떠난 경우 "세상에 널린 게 여자야"라는 말로 냉소해서는 안 된다. 이제는 끝나 버린 아름다운 사랑과 그 자신을 모욕하는 것이 되어 버리기 때문이다. 그 대신 반성하는 의미에서 고통을 견뎌내고 정신적 성숙으로 이르도록 해야 한다.

남자가 먼저 결별을 선언하는 경우가 있다. 연인이 먼저 결별을 선언하는 경우는 수동적인 고통이지만 남자가 먼저 관계를 깰 때의 고통은 능동적인 것이어서 훨씬 강하다. 사랑에 있어서 단호한 여자들에 비해, 남자들은 주저하며 쉽게 결정을 내리지 못한다. 그리고는 상황이 악화되도록 내버려둔다. 이러한 남자들을 위해 저자는 결별이라는 난파 속에서 보이스카우트 흉내는 내지 말며, 익사의 위험으로부터 구해야 할 사람은 자신이라고 충고한다. 일단 결별을 결심했다면, 그 대상이 한두 번의 육체적 관계로 맺어진 여자일 경우 전화로 트집을 잡아 관계를 끝내면 된다. 사랑으로 맺어진 연인의 경우에는 이런 방법이 통하지 않는다. 일명 고양이의 미소라 부르는 방법이 있다. 즉《이상한 나라의 앨리스》에 나오는 체셔 고양이처럼 아주 천천히 사라지는 것이다. 더 이상 전화도 자주하지 않으며, 데이트 약속도 마지막 순간에 핑계를 대어 미루면서 조금씩 눈치 못 채게 사라지는 것이다. 그러나 자신을 많이 자제할 줄 알아야 하는 방법이므로 마음이 여린 남자에게는 적당하지 않다. 결별의 편지를 보내는 것이 가장 좋은 방법이다.

사랑의 결별보다 더 힘든 건 우정의 파기이다. 따라서 할 수 있다면 손을 내밀고 용서해야 한다.

가브리엘 마즈네프, 올해 우리 나이로 일흔 살이며 지금까지 수십 권의 소설·수필·일기·시 등을 발표했지만, 아직 국내에는 잘 알려지지 않은 작가이다. 이 책이 국내에 소개되는 두번째 책인 걸로 알고 있다. 그의 작품들은 주로 사랑의 결별, 종교인으로의 귀의, 자살에의 유혹 등을 주제로 하고 있으며, 저자 자신의 삶과 아주 밀접한 관련이 있다. 많은 만남과 헤어짐을 반복해 온 저자의 연애에 대한 생각을 엿볼 수 있는 문장들이 있다. 세상과 여자들을 두루 섭렵한 남자가 이 땅에서의 그의 인생이라는 경주가 끝날 때쯤, 자신을 괴롭히는 욕망들을 일생 동안 자제해 온 남자보다 덜 평화롭지 않은 건 아니다. 숫총각들이 아니라 큰 죄인들이 훌륭한 수도사가 된다. 유쾌하게 세상이라는 연회장으로 들어가서 감사하는 마음으로 열심히 주어진 쾌락들을 즐기라는 것 등이 그것이다. 또한 그는 어린 소년 소녀들을 좋아하는 취향 때문에 많은 비난을 받기도 했다. 어느 인터뷰에서 '소아성애'와 관련한 질문을 받자 그는 이렇게 대답했다. "사람들은 '소아성애'에 대해 말할 때, 아홉 살짜리 어린아이를 강간하는 더러운 놈과, 열여섯 살 된 소년 소녀와 사랑을 하는 사람을 동일 선상에 놓고 이야기합니다. 나는 어린아이를 강간하는 나쁜 놈들을 경멸하며, 그런 놈들에게는 가장 엄한 벌을 내려야 한다는 데 찬성합니다. 하지만 사람들은 혼동하고 있습니다. 사람들은 어린이집에 다니는 네 살짜리 아기와 고등학교 1학년인 열여섯 난 학생을 똑같이 생각하는 겁니다. 그렇지 않고서야 아직 자신의 결정을 내리지 못하며, 성적으로 학대당하거나 강간당할 수 있는 어린아이들과 사랑과 쾌락·열정을 발견할 권리가 있는 소년 소녀들을 혼동하지 않을 것입니다." 이런 이야기도 했다. "열여섯은 이상적인 사랑의 나이입니다. 그리스 로마의 시인들, 페르시아 시인들, 아랍 시인들, 프랑스와 이탈리아의 르네상스 시인들, 그리고 바이런 같은 일부 근대 시인들도 이 연령의 소년들과 소녀들을 찬양했습니다."

번역할 때면 언제나 고민하는 문제들이 있다. 저자의 표현을 제대로 살렸는지, 의도를 잘 살렸는지, 읽는 사람에 따라 각기 다른 해석이 나올 경우는 어떻게 해야 하는지, 직역을 하고 그 판단은 독자들에게 맡기는 것이 옳은지…….

부록에 나오는 편지들 가운데 예를 들어 보자. 유부남과 사귀는

한 여성의 결별 편지에서 그녀는 자신을 어떻게 할 것이냐며, 이젠 자포자기하는 마음으로 시크교도 정신분석학자와 결혼한다고 말한다. 6개월 후에도 두 사람이 헤어지지 않는다면 터번 쓴 아이들을 많이 낳을 거라며 추신으로 이렇게 덧붙였다. "제 딸들이 얼마나 예쁜지 알게 될 거예요." 이 추신의 의미가 애매모호했다. 간단한 문장 가지고 뭘 그리 고민하느냐고 할 수 있겠지만 그 숨은 뜻에 따라 다르게 표현할 수도 있기 때문이다. 번역을 하다 보면 지금처럼 별 것 아닌 것 같은 문장에 유달리 신경 쓰일 때가 있다. 프랑스 친구의 설명에 따르면 이 여성은 그와의 사이에서 아이들을 갖고 싶었지만 그가 자신을 마냥 내버려두니, 다른 남자와 결혼해서 아이들을 많이 낳을 거라며, 나중에 그가 그녀를 만나게 되고, 그녀와 함께 있는 그녀를 닮은 예쁜 딸들을 보면 헤어진 걸 후회할 거라는 의미가 있다고 한다. 과연 독자들이 내가 한 번역을 읽으며 그런 의미를 파악해 낼 수 있을까 하는 생각이 들었다. 그러나 그렇다고 "나중에 내가 낳은 예쁜 딸들을 보면 나와 헤어진 걸 후회할 거예요"라고 번역할 수도 없는 일이다. 결국 고민 끝에 "두고 보세요, 제 딸들은 아주 예쁠 거예요"로 수정했다. 사실 내 생각은 이 프랑스 친구의 해석과 달랐다. 여성이 남성에게 결별을 고하는 편지라는 맥락에서 본다면 그녀는 아주 교묘하게 결별을 전하고 있는 것이다. 편지에서처럼 사랑하는 그가 자신을 좋아하지 않으므로 떠나는 것이 아니라, 실은 그녀 자신이 그를 더 이상 사랑하지 않으면서 그에게 책임을 미루는 것이다. 나름대로 최선을 다했으므로 나머지는 독자의 판단에 맡기는 것이 적절할 듯하다.

2005년 4월 권은희

최은희
이화여자대학교 불어불문학과 및 대학원 졸업
프랑스 파리3대학 불문학 박사
이화여자대학교 통번역대학원 번역학과 및 여러 대학에서 강의
현대 명지대학교 출강

권은희
대구 효성여자대학교 행정학과 졸업
브장송 프랑슈-콩테대학 부속 기관에서 어학 기초 과정 수료
파리 소르본대학 어학 최고 과정 수료
이화여자대학교 통번역대학원 한불 번역학과 졸업
역서: 마르셀라 이아퀴브의 《성해방은 진행중인가?》
이충호의 만화 《까꿍》 프랑스어로 번역
조르주 뒤비의 《12세기 여인들 3》
앙리 베크의 희곡 《까마귀들》

현대신서
166

결별을 위하여

초판발행 : 2005년 4월 15일

東文選

제10-64호, 78. 12. 16 등록
110-300 서울 종로구 관훈동 74
전화 : 737-2795

편집설계 : 李妊룟

ISBN 89-8038-477-7 04860
ISBN 89-8038-050-X(세트 : 현대신서)

이젠 다시
유혹하지 않으련다

피에르 쌍소

서민원 옮김

섬세하고 정교한 글쓰기로 표현된, 온화하지만 쓴맛이 있는 이 글의 저자는 대체 누구를 더 이상 유혹하지 않겠다고 선언하는가? 여성들, 신, 삶, 아니면 그 자신인가?

여자를 유혹하는 남자들이 점점 사라져 가고 있다. 느림의 철학자 피에르 쌍소는 유혹자로서의 자신의 경험을 소설 같은 에세이로 만들어 그 궤적을 밟는다. 물론 또 다른 조류에 몸을 맡기기 전까지 말이다. 그것은 정겨움과 관대함으로 타인을 바라보는 신비의 조류이다. 이 책은 여성과 삶을 사랑하는 작가의 매우 유려한 필치로 쓰여진, 입가에 미소가 맴돌게 하면서도 무언가 생각하게 하는 책이다. 결국 우리로 하여금 보다 잘 성찰하고, 보다 잘 느끼며 더욱 사랑하라고 속삭인다.

"40년 전에는 한 여성이 유혹에 진다는 것은 정숙함과 자신의 평판을 포기한다는 것을 의미했습니다. 오늘날의 여성은 그럴 필요를 느끼지 않으니 자신을 온전히 내주지도 않지요. 유혹이 너무 일반화되어 그 비극적인 면을 잃고 말았어요. 반대로 누군가의 마음을 사로잡는다는 것, 서로 같은 조건에서 그에게 주의를 기울인다는 것은 유혹이나 매력 같은 것보다 한 단계 위의 가치입니다."

"이 세상의 아름다움과 미소를 함께 나누는 행복을 위해서라도 마음을 사로잡는 일은 누구에게나 하나의 의무라고 봐요. 타인은 시간과 더불어 그 밀도와 신비함을 더해 가고, 그와 나의 관계에서 풍기는 수수께끼는 거의 예술작품에 가까워지지요. 당신의 존재에 겹쳐지지만 투사하지는 않는 것, 그것이 바로 완전한 유혹이 아닐까요."

東文選 現代新書 113

쥐 비 알

알렉상드르 자르댕

김남주 옮김

아버지의 유산, 우리들 가슴속엔 어떤 아버지가 자리하고 있는가?

정신적 지주였던 아버지에 관한 자전적 이야기인 이 작품은, 소설보다 더 소설적인 부자(父子)의 삶을 감동적으로 담아내고 있다. 자녀들에게 쥐비알이라는 애칭으로 불렸던 그의 아버지 파스칼 자르댕은 여러 편의 소설과 1백여 편의 시나리오를 남겼다. 그 또한 자신의 아버지, 그러니까 저자의 할아버지에 대한 소설 《노란 곱추》를 발표하였으며, 이 작품 또한 수년 전 한국에 소개된 바 있다. 하지만 자유 그 자체였던 그의 존재 이유는 무엇보다도 여자를 사랑하는 일에 있었다. 그의 진정한 일은 여인을 사랑하는 것이었다, 특히 자신의 아내를.

그는 열여섯의 나이에 아버지의 여자친구인 거대한 재산 상속녀의 침대로 기운차게 뛰어들어 그녀의 정부가 되었으며, 자신들의 관계를 기념하기 위해 베르사유궁의 프티 트리아농과 똑같은 저택을 짓게 하고 파티를 열어 그의 아버지를 초대하는가 하면, 창녀를 친구로 사귀어 몇 달 동안 하루도 거르지 않고 서너 차례씩 꽃다발을 보내어 관리인으로 하여금 그녀가 혹시 공주가 아닐까 하는 착각에 빠지게끔 만들기도 하였다. 그런가 하면 자신의 어머니의 절친한 연인의 해골과 뼈를 집 안에 들여다 놓고, 그것이 저 유명한 나폴레옹 외무상이었던 탈레랑의 뼈라고 능청스레 둘러대다가 탄로나서 집 안을 발칵 뒤집히게 하는 등, 기상천외한 기행과 사랑의 모험을 한순간도 멈추지 않았다. 심지어 죽어서까지 그의 영원한 연인이자 아내였던 저자의 어머니에게 끊임없이 무덤으로부터 열렬한 사랑의 편지가 배달되게 하는가 하면, 17년이 지난 오늘날까지 그의 아내를 포함하여 그를 사랑했던 30여 명의 여인들을 해마다 그가 죽은 날을 기해 성당에 모여 눈물을 흘리게 하여, 그가 죽음으로써 안도의 숨을 내쉬었던 그녀들의 남자들을 참담하게 만들기도 하였다. 스위스의 그의 무덤에는 하루도 빠짐없이 지금까지도 제비꽃 다발이 놓이고 있다.

東文選 現代新書 96

근원적 열정

뤼스 이리가라이

박정오 옮김

　뤼스 이리가라이의 《근원적 열정》은 여성이 남성 연인을 향한 열정을 노래하는 독백 형식의 산문시로 이루어져 있다. 이 글에서는 여성이 담화의 주체로 등장하지만, 남성 중심으로 이루어진 현존하는 언어의 상징 체계와 사회 구조 안에서 여성의 열정과 그 표현은 용이하지도 자유로울 수도 없다.

　따라서 이리가라이는 연애 편지 형식을 빌려 와, 그 안에 달콤한 사랑 노래 대신 가부장제 안에서 남녀간의 진정한 결합이 왜 가능할 수 없는지를 역설적으로 보여 주려 애쓴다. 연애 편지 형식의 패러디는 기존의 남녀 관계에 의문을 제기하고 교란시키는 적절한 하나의 전략이 되고 있는 것이다.

　서구의 도덕적 코드가 성경 위에 세워지고, 신학이 확립되면서 여신 숭배와 주술은 주변으로 밀려났다. 이리가라이는 그 뒤 남성신이 홀로 그의 말과 의지대로 우주를 창조하고, 그의 아들에게 자연과 모든 피조물을 통치하게 하는 사고 체계가 형성되면서 여성성은 억압되었다고 지적한다. 또한 그녀는 남성신에서 출발한 부자 관계의 혈통처럼, 신성한 여신에게서 정체성을 발견하고 면면히 이어지는 모녀 관계의 확립이 비로소 동등한 남녀간의 사랑과 결합을 가능케 해준다고 주장한다.

　이리가라이는 정신과 육체의 이분법적인 서구 철학의 분류에서 항상 하위 개념인 몸이나 촉각이 여성적인 것과 연관되어 있다는 점을 인식하고 타자로 밀려난 몸에 일찍부터 주목해 왔다. 따라서 《근원적 열정》은 여성 문화를 확립하는 일환으로 여성의 몸이 부르는 새로운 노래를 찾아나선 여정이자, 여성적 글쓰기의 실천 공간인 것이다.

자기를 다스리는 지혜

한인숙 (東文選 편집주간)

■ 500여 명의 성공인들이 털어놓은 증명된 지혜

흔히 사람들은 돈·명예·성공을 바라 마지않으면서 그것을 얻는데에 필요한 지혜를 먼 곳에서만 찾으려 한다. 남보다 더 먼저 더 멀리 나아가야 더 많은 것을 얻을 수 있다고 생각한다. 그러나 알고 보면 그 지혜란 것은 의외로 가까운 우리 곁에 있다.

여기에 실린 글들은 모두가 이 시대 각 분야에서 나름대로의 성공을 거둔 이들의 입말에서 그 엑기스만을 가려뽑아 묶은 것들이다. 따라서 옛 시대의 공허한 논리가 아니고, 또한 금방이라도 떼돈을 벌어줄 것만 같은 비아그라 같은 처방약도 아니다. 보통 사람이 감히 흉내낼 수 없는 고도의 전문적인 지식을 필요로 하는 그런 것은 더더욱 아니다. 오히려 누구나가 당장이라도 실천할 수 있는 극히 단순한 것들이며, **이미 그 성공이 입증된 이 시대의 살아 있는 지혜**들이다.

본서는 1981년부터 지금까지 23년에 걸쳐 메모해 온 것들 중 여러 신문과 잡지들에 실린 수천 명의 성공한 인물, 혹은 화제의 인물들과의 인터뷰 속에서 철학이 담긴 말들을 엮은이가 가려뽑아 묶은 것이다. 학자, 사상가, 과학자, 재벌회장, 시인, 소설가, 종교인, 경영인, 음악인, 배우, 가수, 자원봉사자, 식당주인…… 등등 각 분야에서 나름대로의 성공을 거둔 이들의 **체험에서 우러나온 삶의 밑천이 된 진실된 '말 한마디'**를 모았다.

널리 알려진 위대한 성현들과 대학자들의 수많은 명언이나 격언들은 제외하였다. 대신 실제 체험에서 우러나온 살아 있는 입말들 중 이 시대에 그 효용이 확인된 말들만 가려 모은 것이다. **같은 말이라도 누가 했느냐에 따라 그 신뢰성과 현실감의 무게가 달라지기 때문**이다.